汪曾祺
自编文集

梁由之 主编

独坐小品

汪曾祺 著

上海三联书店

新版前言

梁由之

一

据汪曾祺先生的子女汪朗、汪明、汪朝统计,老头儿一辈子,自行编定或经他认可由别人编选的集子,拢共出了二十七种。严格一点,不妨将前者称为"汪曾祺自编文集"。

自编文集,文体比较单纯:基本都是短篇小说、散文和随笔,偶有一点新、旧体诗,还有一本文论集,一本人物小传。时间跨度,却大得出奇:第一本跟第二本,隔了十余年;第二本跟第三本,又隔了差不多二十年;第一本小说集《邂逅集》跟第一本散文集《蒲桥集》,更是隔了整整四十年。……谁实为之,孰令致之?说来话长,不说也罢。汪先生享年七十七岁,1987年之前的六十六年,他仅出了四本书。汪氏曾自我检讨说:我写得太少了!

1987年始,汪老进入生命的最后十年。这十年,就数量而论,是他创作的高峰期,占平生作品泰半。同时,也是出书的高峰期。除1990年、1991年两年是空白外,每年都有新书面世。1993年、1995年,更是臻于顶峰,合计接近两位数。这固然反映了汪先生的作品受到各方热烈欢迎乃至追捧,但也不可避免地导致若干集子重复的篇什较多——这似乎是一个悖论,并非个别现象。

我曾写道:

> 无缘亲炙汪曾祺先生,梁某引为毕生憾事。他的作品,是我的至爱。读汪三十余年,兀自兴味盎然,爱不释手。深感欣慰的是,吾道不孤,在文学市场急剧萎缩的时代大背景下,汪老的作品却是个难得的异数,各种新旧选本层出不穷,汪粉越来越多。在平淡浮躁的日常生活中,沾溉一点真诚朴素的优雅、诗意和美感,大约是心灵的内在需求罢。

那么,有无必要与可能,出版一套比较系统、完整、真实的"汪曾祺自编文集",提供给市场和读者呢?答案是肯定的。

汪老去世已逾二十一年,自编文集旧版市面上早已不见踪影,一书难求。倒也间或出过几种新版,但东零西碎,不成气候。个别相对整齐些的，内容却肆意增删，力度颇大，抽换少则几篇，多则达到十余篇甚至二十多篇，旧名新书，面目全非，是一种名实不副不伦不类的奇葩版本。我一直认为，既然是作者自编文集，他人就不要、不必且不能擅改。至于集子本身的缺憾，任何版本，皆在所难免，读者各凭所好就好。

本系列新版均据汪老当年亲自编定的版本排印，书名、序跋、篇目、原注，一仍其旧，原汁原味。只对个别明显的舛误予以订正。加印时作者所写的序跋，均作为附录。这套货真价实如假包换的"汪曾祺自编文集"，相信自有其独特的价值和生命力。

二

《独坐小品》继《汪曾祺小品》之后，是汪老生前自编出版的两种小品集之一。书分四辑：人物品、文章品、山水品、饮食品。作者在《自序》中解释说："这些散文大都是独坐所得，因此此集取名为《独坐小品》。"我注意到，自序写好后，过了三年半有余，书才出来——这比较少见。大约出版过程不甚顺利，有过曲折。原书列入《中国名家随笔精品丛书》，同辑作者，还有金克木、林斤澜、江曾培、张贤亮、徐城北。

新版据宁夏人民出版社 1996 年 11 月版印制。

2019 年 3 月 29 日

夏历己亥春分八天后，记于深圳天海楼

目 录

1　　　　自　序

人物品

003　　　星斗其文，赤子其人

016　　　怀念德熙

019　　　遥寄爱荷华
　　　　　——怀念聂华苓和保罗·安格尔

029　　　吴大和尚和七拳半

033　　　人间草木

039　　　晚　年

042　　　大妈们

047　　　傻　子

050　　　贾似道之死
　　　　　——老学闲抄

文章品

061 又读《边城》

071 沈从文的寂寞
——浅谈他的散文

090 林斤澜的矮凳桥

102 从哀愁到沉郁
——何立伟小说集《小城无故事》序

111 人之所以为人
——读《棋王》笔记

118 《年关六赋》序

125 《当代散文大系》总序

129 红豆相思
——读陈寅恪《柳如是别传·缘起》

131 精辟的常谈
——读朱自清《论雅俗共赏》

133 阿索林是古怪的
——读阿索林《塞万提斯的未婚妻》

135 文人论乐
——读肖伯纳《贝多芬百年祭》

山水品

139 我的家乡

148 翠湖心影

156 滇游新记

169 觅我游踪五十年

177 白马庙

180 沽　源

185 初访福建

196 初识楠溪江

209 四川杂忆

饮食品

227　故乡的野菜

233　《知味集》后记

239　《学人谈吃》序

246　食豆饮水斋闲笔

258　干　丝

261　鱼我所欲也

266　肉食者不鄙

272　韭菜花

自 序

我的孙女两岁多的时候（她现在已经九岁了），大人问她长大了干什么，她说："当作家"，——"什么是作家？"——"在家里坐着呗。"她大概看我老是坐着，故产生这样的"误读"。

我家有一对老沙发，还是我岳父手里置的，已经有好几十年，面料换了不止一次，但还能坐。坐在老沙发里和坐在真羊皮面新沙发里感觉有所不同。

我不能像王维"独坐幽篁里"那样地潇洒，也不是"今者吾丧我"那样地块然枯坐，坐着，脑子里总会想一点事。东想想，西想想，情绪、思想、形象就会渐渐清晰起来，这就是通常所说的构思。我的儿女们看到我坐在沙发里，"直眉瞪眼"，就知道我在捉摸一篇小说。到我考虑成熟了，他们也看得出来，就彼此相告："快点，快点，爸爸有一个蛋要下了，快给他腾个地方！"——我们家在甘家口住的时候，全家五口人只有一张三屉桌，老伴打字，孩子做作业，轮流用这张桌子。到我要下蛋的时候，他们就很自觉地让给我。我的小说大都是这样写出来的。

这二年我写小说较少，散文写得较多。写散文比写小说总要轻松一些，不要那样苦思得直眉瞪眼。但我还是习惯在沙发里坐着，把全文想得成熟了，然后伏案着笔。

这些散文大都是独坐所得，因此此集取名为《独坐小品》。

近二三年散文忽然兴旺起来，报刊发表散文多了，有些刊物每年要发一期散文专号，出版社也愿意出散文集，据说是散文现在走俏，行情好，销得出去。这事有点怪。这是很值得研究的文学现象。

与此有关的还有一种现象，是这些年涌现的散文作家多半是两种人：一是女性作家，一是老人。为什么？

女作家的感情、感觉比较细，比较清新，这是散文写作所需要的。老年写散文的多起来，除了因为"庾信文章老更成"，老年人的文笔比较成熟，比较干净，较自然，少做作，还因为老人阅历多一些，感慨较深，寄兴稍远。另外就是书读得比较多。说得更明白一些，就是老作家的散文比较有文化气息。大部分老作家的散文可以归入"学者散文"一类，有人说散文是老人的文体，这话似有贬意，即有些老作家的散文比较干枯，过于平直，不滋润，少才华。这也是实情。我今亦老矣，当以此为戒。

一九九三年三月二十六日

人
物
品

星斗其文，赤子其人

沈先生逝世后，傅汉斯、张充和从美国电传来一副挽辞。字是晋人小楷，一看就知道是张充和写的。词想必也是她拟的。只有四句：

不折不从　亦慈亦让
星斗其文　赤子其人

这是嵌字格，但是非常贴切，把沈先生的一生概括得很全面。这位四妹对三姐夫沈二哥真是非常了解。——荒芜同志编了一本《我所认识的沈从文》，写得最好的一篇，我以为也应该是张充和写的《三姐夫沈二哥》。

沈先生的血管里有少数民族的血液。他在填履历表时，"民族"一栏里填土家族或苗族都可以，可以由他自由选择。湘西有少数民族血统的人大都有一股蛮劲，狠劲，做什么都要做出一个名堂。黄永玉就是这样的人。沈先生瘦瘦小小（晚年发胖了），但是有用不完的精力。他小时是个顽童，爱游泳（他叫"游水"）。进城后好像就不游了。三姐（师母张兆和）很想看他游一次泳，但是没有看到。我当然更没有看到过。他少年当兵，漂泊转徙，很少连续几晚睡在同一张床上。吃的东西，最好的不过是切成四方的大块猪肉（煮在豆芽菜汤里）。行军、拉船，锻炼出一副极富耐力的体魄。二十岁冒冒失失地闯到北平来，举目无亲。连标点符号都不会用，就想用手中一支笔打出一个天下。经常为弄不到一点东西"消化消化"而发愁。冬天屋里生不起火，用被子围起来，还是不停地写。我一九四六年到上海，因为找不到职业，情绪很坏，他写信把我大骂了一顿，说："为了一时的困难，就这样哭哭啼啼的，甚至想到要自杀，真是没出息！你手中有一支笔，怕什么！"他在信里说了一些他刚到北京时的情形。——同时又叫三姐从苏州写了一封很长的信安慰我。他真的用一支笔打出了一个天下了。一个只读过小学的人，竟成了一个大作家，而且积累了那么多的学问，真是一个奇迹。

　　沈先生很爱用一个别人不常用的词："耐烦"。他说自己不是天才（他应当算是个天才），只是耐烦。他对别人的称赞，也常说"要算耐烦"。看见儿子小虎搞机床设计时，说"要算耐烦"。看见孙女小红做作业时，也说"要算耐烦"，他的"耐烦"，意思就是锲而不舍，不怕费劲。

一个时期，沈先生每个月都要发表几篇小说，每年都要出几本书，被称为"多产作家"，但是写东西不是很快的，从来不是一挥而就。他年轻时常常日以继夜地写。他常流鼻血，血液凝聚力差，一流起来不易止住，很怕人。有时夜间写作，竟致晕倒，伏在自己的一摊鼻血里，第二天才被人发现。我就亲眼看到过他的带有鼻血痕迹的手稿。他后来还常流鼻血，不过不那么厉害了。他自己知道，并不惊慌。很奇怪，他连续感冒几天，一流鼻血，感冒就好了。他的作品看起来很轻松自如，若不经意，但都是苦心刻琢出来的。《边城》一共不到七万字，他告诉我，写了半年。他这篇小说是《国闻周报》上连载的，每期一章。小说共二十一章，$21×7=147$，我算了算，差不多正是半年。这篇东西是他新婚之后写的，那时他住在达子营。巴金住在他那里。他们每天写，巴老在屋里写，沈先生搬个小桌子，在院子里树荫下写。巴老写了一个长篇，沈先生写了《边城》。他称他的小说为"习作"，并不完全是谦虚。有些小说是为了教创作课给学生示范而写的，因此试验了各种方法。为了教学生写对话，有的小说通篇都用对话组成，如《若墨医生》；有的，一句对话也没有。《月下小景》确是为了履行许给张家小五的诺言"写故事给你看"而写的。同时，当然是为了试验一下"讲故事"的方法（这一组"故事"明显地看得出受了《十日谈》和《一千零一夜》

的影响）。同时，也为了试验一下把六朝译经和口语结合的文体。这种试验，后来形成一种他自己说是"文白夹杂"的独特的沈从文体，在四十年代的文字（如《烛虚》）中尤为成熟。他的亲戚，语言学家周有光曾说"你的语言是古英语"，甚至是拉丁文。沈先生讲创作，不大爱说"结构"，他说是"组织"。我也比较喜欢"组织"这个词。"结构"过于理智，"组织"更带感情，较多作者的主观。他曾把一篇小说一条一条地裁开，用不同方法组织，看看哪一种形式更为合适。沈先生爱改自己的文章。他的原稿，一改再改，天头地脚页边，都是修改的字迹，蜘蛛网似的，这里牵出一条，那里牵出一条。作品发表了，改。成书了，改。看到自己的文章，总要改。有时改了多次，反而不如原来的，以至三姐后来不许他改了（三姐是沈先生文集的一个极其细心、极其认真的义务责任编辑）。沈先生的作品写得最快，最顺畅，改得最少的，只有一本《从文自传》。这本自传没有经过冥思苦想，只用了三个星期，一气呵成。

他不大用稿纸写作。在昆明写东西，是用毛笔写在当地出产的竹纸上的，自己折出印子。他也用钢笔，蘸水钢笔。他抓钢笔的手势有点像抓毛笔（这一点可以证明他不是洋学堂出身）。《长河》就是用钢笔写的，写在一个硬面的练习簿上，直行，两面写。他的原稿的字很清楚，不潦草，但写的是行书。不熟悉他的字体的排字工人是会感到困难的。他晚年写信写文章爱用秃笔淡墨。用秃笔写那样小的字，不但清楚，而且顿挫有致，真是一个功夫。

他很爱他的家乡。他的《湘西》《湘行散记》和许多篇小说可以做证。他不止一次和我谈起棉花坡，谈起枫树坳，——一到秋天满城落了枫树的红叶。一说起来，不胜神往。黄永玉画过一张凤凰沈家门外的小巷，屋顶墙壁颇零乱，有大朵大朵的红花——不知是不是夹竹桃，画面颜色很浓，水气泱泱。沈先生很喜欢这张画，说："就是这样！"八十岁那年，和三姐一同回了一次凤凰，领着她看了他小说中所写的各处，都还没有大变样。家乡人闻知沈从文回来了，简直不知怎样招待才好。他说："他们为我捉了一只锦鸡！"锦鸡毛羽很好看，他很爱那只锦鸡，还抱着它照了一张相，后来知道竟做了他的盘中餐，对三姐说："真煞风景！"锦鸡肉并不怎么好吃。沈先生说及时大笑，但也表现出对乡人的殷勤十分感激。他在家乡听了傩戏，这是一种古调犹存的很老的弋阳腔。打鼓的是一位七十多岁的老人，他对年轻人打鼓失去旧范很不以为然。沈先生听了，说："这是楚声，楚声！"他动情地听着"楚声"，泪流满面。

沈先生八十岁生日，我曾写了一首诗送他，开头两句是：

犹及回乡听楚声，

此身虽在总堪惊。

端木蕻良看到这首诗，认为"犹及"二字很好。我写下来的时候就有点觉得这不大吉利，没想到沈先生再也不能回家乡听一次了！他的家乡每年有人来看他，沈先生非常亲切地和他们谈话，一坐半天。每当同乡人来了，原来在座的朋友或学生就只有退避在一边，听他们谈话。沈先生很好客，朋友很多。老一辈的有林宰平、徐志摩。沈先生提及他们时充满感情。没有他们的提挈，沈先生也许就会当了警察，或者在马路旁边"瘪了"。我认识他后，他经常来往的有杨振声、张奚若、金岳霖、朱光潜诸先生，梁思成林徽因夫妇。他们的交往真是君子之交，既无朋党色彩，也无酒食征逐。清茶一杯，闲谈片刻。杨先生有一次托沈先生带信，让我到南锣鼓巷他的住处去，我以为有什么事。去了，只是他亲自给我煮一杯咖啡，让我看一本他收藏的姚茫父的册页。这册页的芯子只有火柴盒那样大，横的，是山水，用极富金石味的墨线勾轮廓，设极重的青绿，真是妙品。杨先生对待我这个初露头角的学生如此，则其接待沈先生的情形可知。杨先生和沈先生夫妇曾在颐和园住过一个时期，想来也不过是清晨或黄昏到后山谐趣园一带走走，看看湖里的金丝莲，或写出一张得意的字来,互相欣赏欣赏,其余时间各自在屋里读书做事,如此而已。沈先生对青年的帮助真是不遗余力。他曾经自己出钱为一个诗人出了第一本诗集。一九四七年,诗人柯原的父亲故去,家中拉了一笔债,沈先生提出卖字来帮助他。《益世报》登出了沈从文卖字的启事,买字的可定出规格,而将价款直接寄给诗人。柯原一九八〇年去看沈先生,沈先生才记起有这回事。他对学生的作品细心修改,寄给相熟的的报刊,尽量争取发表。他这辈子为学生寄稿的邮费,加起来是一个相当可观的数字。抗战时期,通货膨胀,邮费也不断涨,往往寄一封信,信封正面反面都得贴满邮票。为了省一点邮票,沈先生总是把稿纸的天头地脚页边都裁去,只留一个稿芯,这样分量轻一点。稿子发表了,稿费寄来,他必为亲自送去。李霖灿在丽江画玉龙雪山,他的画都是寄到昆明,由沈先生代为出手的。我在昆明写的稿子,几乎无一篇不是他寄出去的。一九四六年,郑振铎、李健吾先生在上海创办《文艺复兴》,沈先生把我的《小学校的钟声》和《复仇》寄去。这两篇稿子写出已经有几年,当时无地方可发表。稿子是用毛笔楷书写在学生作文的绿格本上的,郑先生收到,发现稿纸上已经叫蠹虫蛀了好些洞,使他大为激动。沈先生对我这个学生是很喜欢的。为了躲避日本飞机空袭,他们全家有一阵住在呈贡新街后迁跑马山桃源新村。

沈先生有课时进城住两三天。他进城时，我都去看他。交稿子，看他收藏的宝贝，借书。沈先生的书是为了自己看，也为了借给别人看的。"借书一痴，还书一痴"，借书的痴子不少，还书的痴子可不多。有些书借出去一去无踪。有一次，晚上，我喝得烂醉，坐在路边，沈先生到一处演讲回来，以为是一个难民，生了病，走近看看，是我！他和两个同学把我扶到他住处，灌了好些酽茶，我才醒过来。有一回我去看他，牙疼，腮帮子肿得老高。沈先生开了门，一看，一句话没说，出去买了几个大橘子抱着回来了。沈先生的家庭是我见到的最好的家庭，随时都在亲切和谐气氛中。两个儿子，小龙小虎，兄弟怡怡。他们都很高尚清白，无丝毫庸俗习气，无一句粗鄙言语，——他们都很幽默，但幽默得很温雅。一家人于钱上都看得很淡。《沈从文文集》的稿费寄到，九千多元，大概开过家庭会议，又从存款中取出几百元，凑成一万，寄到家乡办学。沈先生也有生气的时候，也有极度烦恼痛苦的时候，在昆明，在北京，我都见到过，但多数时候是笑眯眯的。他总是用一种善意的、含情的微笑，来看这个世界的一切。到了晚年，喜欢放声大笑，笑得合不拢嘴，且摆动双手作势，真像一个孩子。只有看破一切人事乘除，得失荣辱，全置度外，心地明净无渣滓的人，才能这样畅快地大笑。

　　沈先生五十年代后放下写小说散文的笔（偶然还写一

点，笔下仍极活泼，如写纪念陈翔鹤文章，实写得极好），改业钻研文物，而且钻出了很大的名堂，不少中国人、外国人都很奇怪。实不奇怪。沈先生很早就对历史文物有很大兴趣。他写的关于展子虔《游春图》的文章，我以为是一篇重要文章，从人物服装颜色式样考订图画的年代和真伪，是别的鉴赏家所未注意的方法。他关于书法的文章，特别是对宋四家的看法，很有见地。在昆明，我陪他去遛街，总要看看市招，到裱画店看看字画。昆明市政府对面有一堵大照壁，写满了一壁字（内容已不记得，大概不外是总理遗训），字有七八寸见方大，用二爨掺一点北魏造像题记笔意，白墙蓝字，是一位无名书家写的，写得实在好。我们每次经过，都要去看看。昆明有一位书法家叫吴忠荩，字写得极多，很多人家都有他的字，家家裱画店都有他的刚刚裱好的字。字写得很熟练，行书，只是用笔枯扁，结体少变化。沈先生还去看过他，说"这位老先生写了一辈子字！"意思颇为他水平受到限制而惋惜。昆明碰碰撞撞都可见到黑漆金字抱柱楹联上钱南园的四方大颜字，也还值得一看。沈先生到北京后即喜欢搜集瓷器。有一个时期，他家用的餐具都是很名贵的旧瓷器，只是不配套，因为是一件一件买回来的。他一度专门搜集青花瓷。买到手，过一阵就送人。西南联大好几位助教、研究生结婚时都收到沈先生送的雍正青花的茶杯或酒杯。

沈先生对陶瓷赏鉴极精，一眼就知是什么朝代的。一个朋友送我一个梨皮色釉的粗瓷盒子，我拿去给他看，他说："元朝东西，民间窑！"有一阵搜集旧纸，大都是乾隆以前的。多是染过色的，瓷青的、豆绿的、水红的，触手细腻到像煮熟的鸡蛋白外的薄皮，真是美极了。至于茧纸、高丽发笺，那是凡品了。（他搜集旧纸，但自己舍不得用来写字。晚年写字用糊窗户的高丽纸，他说："我的字值三分钱。"）

在昆明，搜集了一阵耿马漆盒。这种漆盒昆明的地摊上很容易买到，且不贵。沈先生搜集器物的原则是"人弃我取"。其实这种竹胎的，涂红黑两色漆，刮出极繁复而奇异的花纹的圆盒是很美的。装点心，装花生米，装邮票杂物均合适，放在桌上也是个摆设。这种漆盒也都陆续送人了。客人来，坐一阵，临走时大都能带走一个漆盒。有一阵研究中国丝绸，弄到许多大藏经的封面，各种颜色都有：宝蓝的、茶褐的、肉色的，花纹也是各式各样。沈先生后来写了一本《中国丝绸图案》。有一阵研究刺绣。除了衣服、裙子，弄了好多扇套、眼镜盒、香袋。不知他是从哪里"寻摸"来的。这些绣品的针法真是多种多样。我只记得有一种绣法叫"打子"，是用一个一个丝线疙瘩缀出来的。他给我看一种绣品，叫"七色晕"，用七种颜色的绒绣成一个团花，看了真叫人发晕。他搜集、研究这些东西，不是为了消遣，是从中发现、证实中国历史文化的优越这个角度出发的，研究时充满感情。我在他八十岁生日写给他的诗里有一联：

玩物从来非丧志，
著书老去为抒情。

这全是记实。沈先生提及某种文物时常是赞叹不已。马王堆那副不到一两重的纱衣，他不知说了多少次。刺绣用的金线原来是盲人用一把刀，全凭手感，就金箔上切割出来的。他说起时非常感动。有一个木俑（大概是楚俑）一尺多高，衣服非常特别：上衣的一半（连同袖子）是黑色，一半是红的；下裳正好相反，一半是红的，一半是黑的。沈先生说："这真是现代派！"如果照这样式（一点不用修改）做一件时装，拿到巴黎去，由一个长身细腰的模特儿穿起来，到表演台上转那么一转，准能把全巴黎都"镇"了！他平生搜集的文物，在他生前全都分别捐给了几个博物馆、工艺美术院校和工艺美术工厂，连收条都不要一个。

沈先生自奉甚薄。穿衣服从不讲究。他在《湘行散记》里说他穿了一件细毛料的长衫，这件长衫我可没见过。我见他时总是一件洗得褪了色的蓝布长衫，夹着一摞书，匆匆忙忙地走。解放后是蓝卡其布或涤卡的干部服,黑灯芯绒的"懒汉鞋"。有一年做了一件皮大衣(我记得是从房东手里买的一件旧皮袍改制的,灰色粗线呢面),他穿在身上,说是很暖和,高兴得像一个孩子。吃得很清淡。我没见他下过一次馆子。在昆明,我到文林街二十号他的宿舍去看他,到吃饭时总是到对面米线铺吃一碗一角三分钱的米线。有时加一个西红柿,打一个鸡蛋,超不过两角五分。三姐是会做菜的,会做八宝糯米鸭,炖在一个大砂锅里,但不常做。他们住在中老胡同时,有时张充和骑自行车到前门月盛斋买一包烧羊肉回来,就算加了菜了。在小羊宜宾胡同时,常吃的不外是炒四川的菜头,炒慈姑。沈先生爱吃慈姑,说"这个好,比土豆'格'高"。他在《自传》中说他很会炖狗肉,我在昆明,在北京都没见他炖过一次。有一次他到他的助手王亚蓉家去,先来看看我(王亚蓉住在我们家马路对面,——他七十多了,血压高到二百多,还常为了一点研究资料上的小事到处跑),我让他过一会儿来吃饭。他带来一卷画,是古代马戏图的摹本,实在是很精彩。他非常得意地问我的女儿:"精彩吧?"那天我给他做了一只烧羊腿,一条鱼。他回家一再向三姐称道:"真好吃。"他经常吃的荤菜是:猪头肉。

他的丧事十分简单。他凡事不喜张扬,最反对搞个人的纪念活动。反对"办生做寿"。他生前累次嘱咐家人,他死后，不开追悼会，不举行遗体告别。但火化之前，总要有一点仪式。新华社消息的标题是沈从文告别亲友和读者，是合适的。只通知少数亲友。——有一些景仰他的人是未接通知自己去的。不收花圈，只有约二十多个布满鲜花的花篮，很大的白色的百合花、康乃馨、菊花、菖兰。参加仪式的人也不戴纸制的白花，但每人发给一枝半开的月季，行礼后放在遗体边。不放哀乐，放沈先生生前喜爱的音乐，如贝多芬的"悲怆"奏鸣曲等。沈先生面色如生，很安详地躺着。我走近他身边，看着他，久久不能离开。这样一个人，就这样地去了。我看他一眼，又看一眼，我哭了。

沈先生家有一盆虎耳草，种在一个椭圆形的小小钧窑盆里。很多人不认识这种草。这就是《边城》里翠翠在梦里采摘的那种草，沈先生喜欢的草。

一九八八年五月二十六日

怀念德熙

德熙原来是念物理系的,大学二年级,才转到中文系来。他的数学底子很好。这样,他才能和王竹溪先生合作,测定一件青铜器的容积。

我和德熙大一时就认识。我们的认识是因为在一起唱京剧。有时也一同去看厉家班的戏。后来云南大学组织了一个曲社,我们一起去拍曲子,做"同期",几乎一次不落。我后来不唱昆曲了,德熙是一直唱着的。他的爱好影响了他的夫人何孔敬。他们到美国去,我想是会带了一支笛子去的。

德熙不蓄字画。他家里挂着的只有一条齐白石的水印木刻梨花,和我给他画的墨菊横幅。他家里没有什么贵重的摆设,但是窗明几净,一尘不染,瓶花灯罩朴朴素素,位置得宜,表现出德熙一家的审美趣味。

同时具备科学头脑和艺术家的气质,我以为是德熙能在语言学、古文字学上取得很大成绩的优越条件。也许这是治人文科学的学者都需要具备的条件。

德熙的治学，完全是超功利的。在大学读书时生活清贫，但是每日孜孜，手不释卷。后来在大学教书，还兼了行政职务，往来的国际、国内学者又多，很忙，但还是不疲倦地从事研究写作。我每次到他家里去，总看到他的书桌上有一篇没有写完的论文，摊着好些参考资料和工具书。研究工作，在他是辛苦的劳动，但也是一种超级的享受。他所以乐此不倦，我觉得，是因为他随时感受到语言和古文字的美。一切科学，到了最后，都是美学。德熙上课，是很能吸引学生的。我听过不止一个他的学生说过：语法，本来是很枯燥的，朱先生却能讲得很有趣味，常常到了吃饭的钟声响了，学生还舍不得离开。为什么能这样？我想是德熙把他对于语言，对于古文字的美感传染给了学生。感受到工作中的美，这样活着，才有意思。

德熙是个感情不甚外露的人，但是是一个很有感情的人。他对家人子女，第三代，都怀有一种含蓄，温和，但是很深的爱。对青年学者也是如此。我不止一次听他谈起过裘锡圭先生，语气是发现了一个天才。"君有奇才我不贫"，德熙就是这样对待后辈的。

德熙对师长是很尊敬的，对唐立厂先生、王了一先生、吕叔湘先生，都是如此。他后来是国际知名的学者了，但没有一般的"后起之秀"的傲气。我没有听他说过一句关于前辈的刻薄话。

德熙乐于助人，师友中遇有困难，德熙总设法帮助他"解决问题"。因此他的人缘很好。不少人提起德熙，都说"朱德熙人很好"。一个人被人说是"人很好"并不容易。我以为这是最高的称赞。

德熙今年七十二岁（他、李荣和我是同年）按说寿数也不算短，但是他还有许多工作可以做，他应该再过几年清闲安静的日子，遽然离去，叫人不得不感到非常遗憾。

一九九二年九月七日

遥寄爱荷华

——怀念聂华苓和保罗·安格尔

一九八七年九月,我应安格尔和聂华苓之邀,到爱荷华去参加爱荷华大学"国际写作计划",认识了他们夫妇,成了好朋友。安格尔是爱荷华人。他是爱荷华城的骄傲。爱荷华的第一国家银行是本城最大的银行,和"写作计划"的关系很密切("国际写作计划"作家的存款都在第一银行开户),每一届"国际写作计划",第一银行都要举行一次盛大的招待酒会。第一银行的墙壁上挂了一些美国伟人的照片或图像。酒会那天,银行特意把安格尔的巨幅淡彩铅笔图像也摆了出来,画像画得很像,很能表现安格尔的神情:爽朗、幽默、机智。安格尔拉了我站在这张画像的两边拍了一张照片。可惜我没有拿到照相人给我加印的一张。

江·迪尔是一家很大的农机厂。这家厂里请亨利·摩尔做了一个很大的抽象的铜像,特意在一口湖当中造了一个小岛,把铜像放在岛上。江·迪尔农机厂是"国际写作计划"的赞助者之一,每年要招待国际作家一次午宴。在宴会上,经理致辞,说安格尔是美国文学的巨人。

我不熟悉美国文学的情况,尤其是诗,不能评价安格尔在美国当代文学中的位置。我只读过一本他的诗集《中国印象》,是他在中国旅行之后写的,很有感情。他的诗是平易的,好懂的,是自由诗。有一首诗的最后一段只有一行:

中国也有萤火虫吗?

我忽然非常感动。

我真想给他捉两个中国的萤火虫带到美国去。

我三天两头就要上聂华苓家里去,有时甚至天天去。有两天没有去,聂华苓估计我大概一个人在屋里,就会打电话来。我们住在五月花公寓,离聂华苓家很近,五分钟就到了。

聂华苓家在爱荷华河边的一座小山半麓。门口有一块铜牌,竖写了两个隶书:"安寓"。这大概是聂华苓的主意。这是一所比较大的美国中产阶级的房子,买了已经有些年了。木结构。美国的民居很多是木结构,没有围墙,一家一家不挨着。这种木结构的房子也是不能挨着,挨在一起,一家着火,会烧成一片。我在美国看了几处遭了火灾的房子，都不殃及邻舍。和邻舍保持一段距离，这也反映出美国人的以个人主义为基础的文化心理。美国人不愿意别人干扰他们的生活，不讲什么"处街坊"，不讲"闻多素心人，乐与数晨夕"。除非得到邀请，美国人不随便上人家"串门儿"。

是一座两层的房子。楼下是聂华苓的书房，有几张中国字画。我给她带去一个我自己画的小条幅，画的是一丛秋海棠，一个草虫，题了两句朱自清先生的诗："解得夕阳无限好，不须怅惘近黄昏。"第二天她就挂在书桌的左侧，以示对我的尊重。

楼上是卧室、厨房、客厅。一上楼梯，对面的墙上在一块很大的印第安人的壁衣上挂满了各个民族、各个地区、各色各样的面具，是安格尔搜集来的。安格尔特别喜爱这些玩意儿。他的书架上、壁炉上，到处都是这一类东西（包括一个黄铜敲成的狗头鸟脚的非洲神像，一些东南亚的皮影戏人形……）。

餐厅的一壁横挂了一柄船桨，上面写满了字。想是安格尔在大学划船比赛获奖的纪念。

一个书柜里放了一张安格尔的照片，坐在一块石头上，很英俊，一个典型的美国年轻绅士。聂华苓说："我认识他的时候，他就是这个样子！"

南面和西面的墙顶牵满了绿萝。美国很多人家都种这种植物，有的店铺里也种。这玩意儿只要一点土，一点水，就能陆续抽出很长的条，不断生出心脏形的浓绿肥厚的叶子。

白色羊皮面的大沙发是可以移动的。一般是西面、北面各一列，成直角。有时也可以拉过来，在小圆桌周围围成一圈。人多了，可以坐在地毯上。台湾诗人蒋勋好像特爱坐在地毯上。

客厅的一角散放着报纸、刊物、画册。

这是一个舒适、随便的环境，谁到这里都会觉得无拘无束。美国有的人家过于整洁，进门就要脱鞋，又不能抽烟，真是别扭。

安格尔和聂华苓都非常好客。他们家几乎每个晚上都是座上客常满，杯中酒不空。爱荷华是个安静、古板的城市（城市人口六万，其中三万是大学生），没有夜生活。有一个晚上，台湾诗人郑愁予喝了不少酒，说他知道有一家表演脱衣舞的地方，要带几个男女青年去看看。不大一会儿，回来了！这家早就关闭了。爱荷华原来有一家放色情片子的电影院，让一些老头儿、老太太轰跑了。夜间无事，因此，家庭聚会就比较多。

"国际写作计划"会期三个月，聂华苓星期六大都要举行晚宴，招待各国作家。分拨邀请。这一拨请哪些位，那一拨请哪些位，是用心安排的。她邀请中国作家（包括大陆的、台湾的、香港的，和在美国的华人作家）次数最多。有些外国作家（主要是说西班牙语的南美作家）有点吃醋，说聂华苓对中国作家偏心。聂华苓听到了，说："那是！"我跟她说："我们是你的娘家人。"——"没错！"

美国的习惯是先喝酒，后吃饭。大概六点来钟，就开始喝。安格尔很爱喝酒，喝威士忌。我去了，也都是喝苏格兰威士忌或伯尔本（美国威士忌）。伯尔本有一点苦味，别具特色。每次都是吃开心果就酒。聂华苓不知买了多少开心果，随时待客，源源不断。有时我去早了，安格尔在他自己屋里，聂华苓在厨房忙着，我就自己动手，倒一杯先喝起来。他们家放酒和冰块的地方我都知道。一边喝加了冰的威士忌，一边翻阅一大撂华人报纸，蛮惬意。我在安格尔家喝威士忌加在一起，大概不止一箱。我一辈子没有喝过那样多威士忌。有两次，聂华苓说我喝得说话舌头都直了！临离爱荷华前一晚，聂华苓还在我的外面包着羊皮的不锈钢扁酒壶里灌了一壶酒。

晚饭烤牛排的时候多。我爱吃烤得很嫩的牛排。聂华苓说："下次来，我给你一块生牛排你自己切了吃！"

吃过一次核桃树枝烤的牛肉。核桃树枝是从后面小山上捡的。

美国火锅吃起来很简便。一个长方形的锅子，各人自己涮鸡片、鱼片、肉片……

聂华苓表演了一次豆腐丸子。这是湖北菜。

聂华苓在美国二十多年了,但从里到外,都还是一个中国人。

她有个弟弟也在美国,我听到她和弟弟打电话,说的是地地道道的湖北话!

有一次中国作家聚会,合唱了一支歌"我的家在东北松花江上"。聂华苓是抗战后到台湾的,她会唱相当多这样的救亡歌曲。台湾小说家陈映真、诗人蒋勋,包括年轻的小说家李昂也会唱这支歌。唱得大家心里酸酸的。聂华苓热泪盈眶。

聂华苓是个很容易动感情的人。有一次她和在美的华人友好欢聚,在将近酒阑人散(有人已经穿好外衣)的时候,她忽然感伤起来,失声痛哭,招得几位女士陪她哭了一气。

有一次陈映真的父亲坐一天的汽车,特意到爱荷华来看望中国作家。老先生年轻时在台湾教学,曾把鲁迅的小说改成戏剧在台演出,大概是在台湾最早介绍鲁迅的学人之一。老先生对祖国怀了极深的感情。陈映真之成为台湾"统派"的代表人物之一,与幼承庭训有关。陈老先生在席间做了热情洋溢的讲话。我听了,一时非常激动,不禁和老先生抱在一起,哭了。聂华苓陪着我们流泪,一面攥着我的手说:"你真好!你真好!你真可爱!"

我跟聂华苓说:"我已经好多年没有哭过了。"

聂华苓原来叫我"汪老",有一天,对我说:"我以后不叫你'汪老'了,把你都叫老了!我叫你汪大哥!"我说:"好!"不过似乎以后她还是一直叫我"汪老"。

中国人在客厅里高谈阔论,安格尔是不参加的,他不会汉语。他会说的中国话大概只有一句:"够了!太够了!"一有机会,在给他分菜或倒酒时,他就爱露一露这一句。但我们在聊天时,他有时也在一边听着,而且好像很有兴趣。我跟他不能交谈,但彼此似乎很能交流感情,能够互相欣赏。有一天我去得稍早,用英语跟他说了一句极其普通的问候的话:"你今天看上去气色很好。"他大叫:"华苓!他能说完整的英语!"

安格尔在家时衣着很随便,总是穿一件宽大的紫色睡袍,软底的便鞋,跑来跑去,一会儿回他的卧室,一会儿又到客厅里来。我说他是个无事忙。聂华苓说:"就是,就是!整天忙忙叨叨,busy! busy!不知道他忙什么!"

他忙活的事情之一,是伺候他的那群鹿和浣熊。有一群鹿和浣熊住在"安寓"后山的杂木林里,是野生的,经常到他的后窗外来做客。鹿有时两三只,有时七八只;浣熊一来十好几只,他得为它们准备吃的。鹿吃玉米粒。爱荷华是产玉米的州,玉米粒多得是。鹿都站在较高的山坡上,低头吃玉米粒,忽然又扬起头来很警惕地向窗户里看一眼。浣熊吃面包。浣熊憨头憨脑,长得有点像熊猫,胆小。但是在它们专心吃面包片时,就不顾一切了。美国面包隔了夜,就会降价处理,很便宜。聂华苓隔一两天就要开车去买面包。"浣熊吃,我们也吃!"鹿和浣熊光临,便是神圣的时刻。安格尔深情地注视窗外,一面伸出指头示意:不许作声!鄂温克族作家乌热尔图是猎人,看着窗外的鹿,说:"我要是有一杆枪,一枪就能打倒一只。"安格尔瞪着灰蓝色的眼睛说:"你要是拿枪打它,我就拿枪打你!"

安格尔是个心地善良,脾气很好,快乐的老人,是个老天真。他爱大笑,大喊大叫,一边叫着笑着,一边还要用两只手拍着桌子。

他很爱聂华苓,老是爱说他和聂华苓恋爱的经过:他在台北举行酒会,聂华苓在酒会上没有和他说话。聂华苓要走了,安格尔问她:"你为什么不理我?"聂华苓说:"你是主人,你不主动找我说话,我怎么理你?"后来,安格尔约聂华苓一同到日本去,聂华苓心想:一个外国人,约我到日本去?她还是同意了。到了日本,又到了新加坡、菲律宾……后来呢?后来他们就结婚了。他大概忘了,他已经跟我说过一次他的罗曼史。我告诉蒋勋,我已经听他说过了,蒋勋说:"我已经听过五次!"他一说起这一段,聂华苓就制止他:"No more! No more!"

聂华苓从客厅走回她的卧室，安格尔指指她的背影，悄悄地跟我说："她是一个了不起的女人！"

十二月中旬，我到纽约、华盛顿、费城、波士顿走了一圈。走的时候正是爱荷华的红叶最好的时候，橡树、元宝枫、日本枫……层层叠叠，如火如荼。

回到爱荷华，红叶已经落光，这么快！

我是年底回国的。离开爱荷华那天下了大雪，爱荷华一点声音没有。

一九八八年，安格尔和聂华苓访问了大陆一次。作协外联部不知道是哪位出了一个主意，不在外面宴请他们，让我在家里亲手给他们做一顿饭，我说："行！"聂华苓在美国时就一直希望吃到我做的菜（我在她家里只做过一次炸酱面），这回如愿以偿了。我给他们做了几个什么菜，已经记不清了，只记得有一碗扬州煮干丝、一个焓瓜皮，大概还有一盘干煸牛肉丝，其余的，想不起来了。那天是蒋勋和他们一起来的。聂华苓吃得很开心，最后端起大碗，连煮干丝的汤也喝得光光的。安格尔那天也很高兴，因为我还有一瓶伯尔本，他到大陆，老是茅台酒、五粮液，他喝不惯。我给他斟酒时，他又找到机会亮了他的唯一的一句中国话："够了！太够了！"

一九九〇年初秋，我有个亲戚到爱荷华去（他在爱荷华大学读书），我和老伴请他带两件礼物给聂华苓，一个仿楚器云纹朱红漆盒，一件彩色扎花印染的纯棉衣料。她非常喜欢，对安格尔说："这真是汪曾祺！"

安格尔因心脏病突发，在芝加哥去世。大概是一九九一年初。

安格尔去世后，我和聂华苓没有通过信。她现在怎么生活呢？前天给她寄去一张贺年卡，写了几句话，信封上写的是她原来的地址，也不知道她能不能收到。

一九九一年十二月二十日

吴大和尚和七拳半

我的家乡有"吃晚茶"的习惯。下午四五点钟，要吃一点点心，一碗面，或两个烧饼或"油端子"。一九八一年，我回到阔别四十余年的家乡，家乡人还保持着这个习惯。一天下午，"晚茶"是烧饼。我问："这烧饼就是巷口那家的？"我的外甥女说："是七拳半做的。""七拳半"当然是个外号，形容这人很矮，只有七拳半那样高，这个外号很形象，不知道是哪个尖嘴薄舌而又极其聪明的人给他起的。

我吃着烧饼，烧饼很香，味道跟四十多年前的一样，就像吴大和尚做的一样。于是我想起吴大和尚。

我家除了大门、旁门，还有一个后门。这后门即开在吴大和尚住家的后墙上。打开后门，要穿过吴家，才能到巷子里。我们有时抄近，从后门出入，吴大和尚家的情况看得很清楚。

吴大和尚（这是小名，我们那里很多人有大名，但一辈只以小名"行")开烧饼饺面店。

我们那里的烧饼分两种,一种叫作"草炉烧饼",是在砌得高高的炉里用稻草烘熟的。面粗,层少,价廉,是乡下人进城时买了充饥当饭的。一种叫作"桶炉烧饼"。用一只大木桶,里面糊了一层泥,炉底燃煤炭,烧饼贴在炉壁上烤熟。"桶炉烧饼"有碗口大,较薄而多层,饼面芝麻多,带椒盐味。如加钱,还可"插酥",即在擀烧饼时加较多的"油面",烤出,极酥软。如果自己家里拿了猪油渣和霉干菜去,做成霉干菜油渣烧饼,风味独绝。吴大和尚家做的是"桶炉"。

原来,我们那里饺面店卖的面是"跳面"。在墙上挖一个洞,将木杠插在洞内,下置面案,木杠压在和得极硬的一大块面上,人坐在木杠上,反复压这一块面。因为压面时要一步一跳,所以叫作"跳面"。"跳面"可以切得极细极薄,下锅不浑汤,吃起来有韧劲而又甚柔软。汤料只有虾子、熟猪油、酱油、葱花,但是很鲜。如不加汤,只将面下在作料里,谓之"干拌",尤美。我们把馄饨叫作饺子。吴家也卖饺子。但更多的人去,都是吃"饺面",即一半馄饨,一半面。我记得四十年前吴大和尚家的饺面是一百二十文一碗,即十二个当十铜元。

吴家的格局有点特别。住家在巷东,即我家后门之外,店堂却在对面。店堂里除了烤烧饼的桶炉,有锅台,安了大锅,卖面及饺子用;另有一张(只一张)供顾客吃面的方桌。都收拾得很干净。

吴家人口简单。吴大和尚有一个年轻的老婆,管包饺子、下面。他这个年轻的老婆个子不高,但是身材很苗条。肤色微黑。眼睛狭长,睫毛很重,是所谓"桃花眼"。左眼上眼皮有一小疤,想是小时生疮落下来。这块小疤使她显得很俏。但她从不和顾客眉来眼去,卖弄风骚,只是低头做事,不声不响。穿着也很朴素,只是青布的衣裤。她和吴大和尚生了一个孩子,还在喂奶。吴大和尚有一个妈,整天也不闲着,翻一家的棉袄棉裤,纳鞋底,摇晃睡在摇篮里的孙子。另外,还有个小伙计,"跳"面、烧火。

表面上看起来,这家过得很平静,不争不吵。其实不然。吴大和尚经常在夜里打他的老婆,因为老婆"偷人"。我们那里把和人发生私情叫作"偷人"。打得很重,用劈柴打,我们隔着墙都能听见。这个小个子女人很倔强,不哭,不喊,一声不出。

第二天早起,一切如常,该干什么还干什么。吴大和尚擀烧饼,烙烧饼;他老婆包饺子,下面。

终于有一天吴大和尚的年轻的老婆不见了,跑了,丢下她的奶头上的孩子,不知去向。我们始终不知道她的"孤佬"(我们那里把不正当的情人,野汉子,叫作"孤佬")是谁。

我从小就对这个女人充满了尊敬,并且一直记得她的模样,记得她的桃花眼,记得她左眼上眼皮上的那一小块疤。

吴大和尚和这个桃花眼、小身材的小媳妇大概都已经死了。现在,这条巷口出现了七拳半的烧饼店。我总觉得七拳半和吴大和尚之间有某种关联,引起我一些说不清楚的感慨。

七拳半并不真是矮得出奇,我估量他大概有一米五六。是一个很有精神的小伙子。他是一个名副其实的"个体户",全店只有他一个人。他不难成为万元户,说不定已经是万元户,他的烧饼做得那样好吃,生意那样好。我无端地觉得,他会把本街的一个最漂亮的姑娘娶到手,并且这位姑娘会真心爱他,对他很体贴。我看看七拳半把烧饼贴在炉膛里的样子,觉得他对这点充满信心。

两个做烧饼的人所处的时代不同。我相信七拳半的生活将比吴大和尚的生活更合理一些,更好一些。

也许这只是我的希望。

人间草木

山丹丹

我在大青山挖到一棵山丹丹。这棵山丹丹的花真多。招待我们的老堡垒户看了看,说:"这棵山丹丹有十三年了。"

"十三年了?咋知道?"

"山丹丹长一年,多开一朵花。你看,十三朵。"

山丹丹记得自己的岁数。

我本想把这棵山丹丹带回呼和浩特,想了想,找了把铁锹,在老堡垒户的开满了蓝色党参花的土台上刨了个坑,把这棵山丹丹种上了。问老堡垒户:

"能活?"

"能活。这东西,皮实。"

大青山到处是山丹丹,开七朵花、八朵花的,多得是。

山丹丹开花花又落,

一年又一年……

这支流行歌曲的作者未必知道,山丹丹过一年多开一朵花。唱歌的歌星就更不会知道了。

枸 杞

枸杞到处都有。枸杞头是春天的野菜。采摘枸杞的嫩头,略焯过,切碎,与香干丁同拌,浇酱油醋香油;或入油锅爆炒,皆极清香。夏末秋初,开淡紫色小花,谁也不注意。随即结出小小的红色的卵形浆果,即枸杞子。我的家乡叫作狗奶子。

我在玉渊潭散步,在一个山包下的草丛里看见一对老夫妻弯着腰在找什么。他们一边走,一边搜索。走几步,停一停,弯腰。

"您二位找什么?"

"枸杞子。"

"有吗?"

老同志把手里一个罐头玻璃瓶举起来给我看,已经有半瓶了。

"不少!"

"不少!"

他解嘲似的哈哈笑了几声。

"您慢慢捡着!"

"慢慢捡着!"

看样子这对老夫妻是离休干部,穿得很整齐干净,气色很好。

他们捡枸杞子干什么?是配药?泡酒?看来都不完全是。真要是需要,可以托熟人从宁夏捎一点或寄一点来。——听口音,老同志是西北人,那边肯定会有熟人。

他们捡枸杞子其实只是玩!一边走着,一边捡枸杞子,这比单纯的散步要有意思。这是两个童心未泯的老人,两个老孩子!

人老了,是得学会这样的生活。看来,这二位中年时也是很会生活,会从生活中寻找乐趣的。他们为人一定很好,很厚道。他们还一定不贪权势,甘于淡泊。夫妻间一定不会为柴米油盐、儿女婚嫁而吵嘴。

从钓鱼台到甘家口商场的路上,路西,有一家的门头上种了很大的一丛枸杞,秋天结了很多枸杞子,通红通红的,礼花似的,喷泉似的垂挂下来,一个珊瑚珠穿成的华盖,好看极了。这丛枸杞可以拿到花会上去展览。这家怎么会想起在门头上种一丛枸杞?

槐 花

玉渊潭洋槐花盛开,像下了一场大雪,白得耀眼。来了放蜂的人。蜂箱都放好了,他的"家"也安顿了。一个刷了涂料的很厚的黑色的帆布篷子。里面打了两道土堰,上面架起几块木板,是床。床上一卷铺盖。地上排着油瓶、酱油瓶、醋瓶。一个白铁桶里已经有多半桶蜜。外面一个蜂窝煤炉子上坐着锅。一个女人在案板上切青蒜。锅开了,她往锅里下了一把干切面。不大会儿,面熟了,她把面捞在碗里,加了作料,撒上青蒜,在一个碗里舀了半勺豆瓣。一人一碗。她吃的是加了豆瓣的。

蜜蜂忙着采蜜,进进出出,飞满一天。

我跟养蜂人买过两次蜜,绕玉渊潭散步回来,经过他的棚子,大都要在他门前的树墩上坐一坐,抽一支烟,看他收蜜,刮蜡,跟他聊两句,彼此都熟了。

这是一个五十岁上下的中年人,高高瘦瘦的,身体像是不太好,他做事总是那么从容不迫,慢条斯理的。样子不像个农民,倒有点像一个农村小学校长。听口音,是石家庄一带的。他到过很多省,哪里有鲜花,就到哪里去。菜花开的地方,玫瑰花开的地方,苹果花开的地方,枣花开的地方。每年都到南方去过冬,广西,贵州。到了春暖,再往北翻。我问他是不是枣花蜜最好,他说是荆条花的蜜最好。这很出乎我的意料。荆条是个不起眼的东西，而且我从来没有见过荆条开花，想不到荆条花蜜却是最好的蜜。我想他每年收入应当不错，他说比一般农民要好一些，但是也落不下多少：蜂具，路费；而且每年要赔几十斤白糖——蜜蜂冬天不采蜜，得喂它糖。

女人显然是他的老婆。不过他们岁数相差太大了。他五十了，女人也就是三十出头。而且，她是四川人，说四川话。我问他：你们是怎么认识的？他说：她是新繁县人。那年他到新繁放蜂，认识了。她说北方的大米好吃，就跟来了。

有那么简单？也许她看中了他的脾气好，喜欢这样安静平和的性格？也许她觉得这种放蜂生活，东南西北到处跑，好耍？这是一种农村式的浪漫主义。四川女孩子做事往往很洒脱，想咋个就咋个，不像北方女孩子有那么多考虑。他们结婚已经几年了。丈夫对她好，她对丈夫也很体贴。她觉得她的选择没有错，很满意，不后悔。我问养蜂人：她回去过没有？他说：回去过一次，一个人。他让她带了两千块钱，她买了好些礼物送人，风风光光地回了一趟新繁。

一天，我没有看见女人，问养蜂人，她到哪里去了。养蜂人说：到我那大儿子家去了，去接我那大儿子的孩子。他有个大儿子，在北京工作，在汽车修配厂当工人。

她抱回来一个四岁多的男孩,带着他在棚子里住了几天。她带他到甘家口商场买衣服,买鞋,买饼干,买冰糖葫芦。男孩子在床上玩鸡啄米,她靠着被窝用钩针给他钩一顶大红的毛线帽子。她很爱这个孩子。这种爱是完全非功利的,既不是讨丈夫的欢心,也不是为了和丈夫的儿子一家搞好关系。这是一颗很善良,很美的心。孩子叫她奶奶,奶奶笑了。

过了几天,她把孩子又送了回去。

过了两天,我去玉渊潭散步,养蜂人的棚子拆了。蜂箱集中在一起。等我散步回来,养蜂人的大儿子开来一辆卡车,把棚柱、木板、煤炉、锅碗和蜂箱装好,养蜂人两口子坐上车,卡车开走了。

玉渊潭的槐花落了。

晚　年

我们楼下随时有三个人坐着。他们都是住在这座楼里的。每天一早，吃罢早饭，他们各人提了马扎，来了。他们并没有约好，但是时间都差不多，前后差不了几分钟。他们在副食店墙根下坐下，挨得很近。坐到快中午了，回家吃饭。下午两点来钟，又来坐着，一直坐到副食店关门了，回家吃晚饭。只要不是刮大风，下雨，下雪，他们都在这里坐着。

一个是老佟。和我住一层楼，是近邻。有时在电梯口见着，也寒暄两句："吃啦？""上街买菜？"解放前他在国民党一个什么机关当过小职员，解放后拉过几年排子车，早退休了。现在过得还可以。一个孙女已经读大学三年级了。他八十三岁了。他的相貌举止没有什么特别的地方。脑袋很圆，面色微黑，有几块很大的老人斑。眼色总是平静的。他除了坐着，有时也遛个小弯，提着他的马扎，一步一步，走得很慢。

一个是老辛。老辛的样子有点奇特。块头很大,肩背又宽又厚,身体结实如牛。脸色紫红紫红的。他的眉毛很浓,不是两道,而是两丛。他的头发、胡子都长得很快。刚剃了头没几天,就又是一头乌黑的头发,满腮乌黑的短胡子。好像他的眉毛也在不断往外长。他的眼珠子是乌黑的。他的神情很怪。坐得很直,脑袋稍向后仰,蹙着浓眉,双眼直视路上行人,嘴唇噏着,好像在往里用力地吸气。好像愤愤不平,又像藐视众生,看不惯一切,心里在想:你们是什么东西!我问过同楼住的街坊:他怎么总是这样的神情?街坊说:他就是这个样子!后来我听说他原来是在一个机关食堂煮猪头肉、猪蹄、猪下水的。那么他是不会怒视这个世界,蔑视谁的。他就是这个样子。他怎么会是这个样子呢?他脑子里在想什么?还是什么都不想?他岁数不大,六十刚刚出头,退休还不到两年。

一个是老许。他最大,八十七了。他面色苍黑,有几颗麻子,看不出有八十七了——看不出有多大年龄。这老头怪有意思。他有两串数珠,——说"数珠"不大对,因为他并不信佛,也不"掐"它。一串是山核桃的,一串是山桃核的。有时他把两串都带下来,绕在腕子上。有时只带一串山桃核的,因为山核桃的太大,也沉。山桃核有年头了,已经叫他的腕子磨得很光润。他不时将他的数珠改装一次,拆散了,加几个原来是钉在小孩子帽子上的小银铃铛之类的东西,再穿好。有一次是加了十个算盘珠。过路人有的停下来看看他的数珠,他就把袖子向上提提,叫数珠露出更多。他两手戴了几个戒指,一看就是黄铜的,然而他告诉人是金的。他用一个钥匙链,一头拴在纽扣上,一头拖出来,塞在左边的上衣口袋里,就像早年间戴怀表一样。他自己感觉,这就是怀表。他在上衣口袋里插着两支塑料圆珠笔的空壳——是他的孙女用剩下的,一支白色的,一支粉红的。我问老佟:"他怎么爱搞这些?"老佟说:"弄好些零碎!"他年轻时"跑"过"腿",做过买卖。我很想跟他聊聊。问他话,他只是冲我笑笑。老佟说:"他是个聋子。"

这三个在一处一坐坐半天,彼此都不说话。既然不说话,为什么坐得挨得这样近呢?大概人总得有个伴,即使一句话也不说。

老辛得过一次小中风,(他这样结实的身体怎么会中风呢?)但是没多少时候就好了。现在走起路来脚步还有一点沉。不过他原来脚步就很重。

老佟摔了一跤,骨折了,在家里躺着,起不来。因此在楼下坐着的,暂时只有两个人,不过老佟的骨折会好的,我想。

老许看样子还能活不少年。

大妈们

我们楼里的大妈们都活得有滋有味,使这座楼增加了不少生气。

许大妈是许老头的老伴,比许老头小十几岁,身体挺好,没听说她有什么病。生病也只有伤风感冒,躺两天就好了。她有一根花椒木的拐杖,本色,很结实,但是很轻巧,一头有两个杈,像两个小犄角。她并不用它来拄着走路,而是用来扛菜。她每天到铁匠营农贸市场去买菜,装在一个蓝布兜里,把布兜的襻套在拐杖的小犄角上,扛着。她买的菜不多,多半是一把韭菜或一把茴香。走到刘家窑桥下,坐在一块石头上,把菜倒出来,择菜。择韭菜、择茴香。择完了,抖落抖落,把菜装进布兜,又用花椒木拐杖扛起来,往回走。她很和善,见人也打招呼,笑笑,但是不说话。她用拐杖扛菜,不是为了省劲,好像是为了好玩。到了家,过不大会儿,就听见她乒乒乓乓地剁菜。剁韭菜、剁茴香。她们家爱吃馅儿。

奚大妈是河南人,和传达室小邱是同乡,对小邱很关心,很照顾。她最放不下的一件事,是给小邱张罗个媳妇。小邱已经三十五岁,还没有结婚。她给小邱张罗过三个对象,都是河南人,是通过河南老乡关系间接认识的。第一个是奚大妈一个村的。事情已经谈妥,这女的已经在小邱床上睡了几个晚上。一天,不见了,跟在附近一个小旅馆里住着的几个跑买卖的山西人跑了。第二个在一个饭馆里当服务员。也谈得差不多了,女的说要回家问问哥哥的意见。小邱给她买了很多东西:衣服、料子、鞋、头巾……借了一辆平板三轮,装了半车,蹬车送她上火车站。不料一去再无音信。第三个也是在饭馆里当服务员的,长得很好看,高颧骨,大眼睛,身材也很苗条。就要办事了,才知道这女的是个"石女"。奚大妈叹了一口气:"唉!这事儿闹的!"

江大妈人非常好,非常贤慧,非常勤快,非常爱干净。她家里真是一尘不染。她整天不断地擦、洗、掸、扫。她的衣着也非常干净,非常利索。裤线总是笔直的。她爱穿坎肩,铁灰色毛涤纶的,深咖啡色薄呢的,都熨熨帖帖。她很注意穿鞋,鞋的样子都很好。她的脚很秀气。她已经过六十了,近看脸上也有皱纹了,但远远一看,说是四十来岁也说得过去。她还能骑自行车,出去买东西,买菜,都是骑车去。看她跨上自行车,一踩脚蹬,哪像是已经有了四岁大的孙子的人哪！她平常也不大出门，老是不停地收拾屋子。她不是不爱理人，有时也和人聊聊天，说说这楼里的事，但语气很宽厚，不嚼老婆舌头。

顾大妈是个胖子。她并不胖得腮帮的肉都往下掉，只是腰围很粗。她并不步履蹒跚，只是走得很稳重，因为搬动她的身体并不很轻松。她面白微黄，眉毛很淡。头发稀疏。但是总是梳得很整齐服帖。她原来在一个单位当出纳，是干部。退休了，在本楼当家属委员会委员，也算是干部。家属委员会委员的任务是要换购粮本、副食本了，到各家敛了来，办完了，又给各家送回去。她的干部意识根深蒂固，总觉得自己不是一个家庭妇女。别的大妈也觉得她有架子，很少跟她说话。她爱和本楼的退休了的或尚未退休的女干部说话。说她自己的事。说她的儿女在单位很受器重；说她原来的领导很关心她，逢春节都要来看看她……

在这条街上任何一个店铺里，只要有人一学丁大妈雄赳赳气昂昂走路的神气，大家就知道这学的是谁。于是都哈哈大笑，一笑笑半天。丁大妈的走路，实在是少见。头昂着，胸挺得老高，大踏步前进，两只胳臂前后甩动，走得很快。她头发乌黑，梳得整齐。面色紫褐，发出铜光，脸上的纹路清楚，如同刻出。除了步态，她还有一特别处：她穿的上衣，都是大襟的。料子是讲究的。夏天，派力司；

春秋天,平绒;冬天,下雪,穿羽绒服。羽绒服没有大襟的。她为什么爱穿大襟上衣?这是习惯。她原是崇明岛的农民,吃过苦。现在苦尽甘来了。她把儿子拉扯大了。儿子、儿媳妇都在美国,按期给她寄钱。她现在一个人过,吃穿不愁。她很少自己做饭,都是到粮店买馒头,买烙饼,买面条。她有个外甥女,是个时装模特儿,常来看她,很漂亮。这外甥女,楼里很多人都认识。她和外甥女上电梯,有人招呼外甥女:"你来了!"——"我每星期都来。"丁大妈说:"来看我!"非常得意。丁大妈活得非常得意,因此她雄赳赳气昂昂。

罗大妈是个高个儿,水蛇腰。她走路也很快,但和丁大妈不一样:丁大妈大踏步,罗大妈步子小。丁大妈前后甩胳臂,罗大妈胳臂在小腹前左右摇。她每天"晨练",走很长一段,扭着腰,摇着胳臂。罗大妈没牙,但是乍看看不出来,她的嘴很小,嘴唇很薄。她这个岁数——她也就是五十出头吧,不应该把牙都掉光了,想是牙有病,拔掉的。没牙,可是话很多,是个连片子嘴。

乔大妈一头银灰色的鬑发。天生的卷。气色很好。她活得兴致勃勃。她起得很早,每天到天坛公园"晨练",打一趟太极拳,练一遍鹤翔功,遛一个大弯。然后顺便到法华寺菜市场买一提兜菜回来。她爱做饭,做北京"吃儿"。蒸素馅包子,炒疙瘩,摇棒子面嘎嘎……她对自己做的饭非常得意。"我蒸的包子，好吃极了！"，"我炒的疙瘩，好吃极了！"，"我摇的嘎嘎，好吃极了！"她间长不短去给她的孙子做一顿中午饭。他儿子儿媳妇不跟她一起住，单过。儿子儿媳是"双职工"，中午顾不上给孩子做饭。"老让孩子吃方便面，那哪成！"她爱养花，阳台上都是花。她从天坛东门买回来一大把芍药骨朵，深紫色的。"能开一个月！"

大妈们常在传达室外面院子里聚在一起闲聊天。院子里放着七八张小凳子、小椅子，她们就错错落落地分坐着。所聊的无非是一些家长里短。谁家买了一套组合柜，谁家拉回来一堂沙发，哪儿买的、多少钱买的，她们都打听得很清楚。谁家的孩子上"学前班"，老不去，"淘着哪！"谁家两口子吵架，又好啦，挎着胳臂上游乐园啦！乔其纱现在不时兴啦，现在兴"砂洗"……大妈们有一个好处，倒不搬弄是非。楼里有谁家结婚，大妈们早就在院里等着了。她们看扎着红彩绸的小汽车开进来，看放鞭炮，看新娘子从汽车里走出来，看年轻人往新娘子头发上撒金银色纸屑……

一九九二年六月十日

傻　子

这一带有好几个傻子。

一个是我们楼的傻八子。傻八子的妈生过八个孩子,他最小。傻八子两只小圆眼睛,鼻梁很低,几乎没有。他一天在人行道上走来走去,走得很慢,一步,一步,因为他很胖,肚子很大,走不快。他不停地自言自语。他妈说他爱"嘚啵"。我问他妈:"嘚啵什么?"——"电视、电视上听来的!"我注意听过,不知道说些什么,经常说的是:"你给我站住!……"似乎他的"嘚啵"是有个对象的。"嘚啵"几句,又呵呵地笑一阵。他还爱唱,没腔没调,没有字眼,声音像一张留声机的坏唱盘:"咦……啊……嘞……"他有时倒吸气发出母猪一样的声音,这一带的孩子把这种声音叫作"打猪吭"。他不是什么都不明白,一边"嘚啵"着,见了熟人,也打招呼:"回来啦!"——"报纸来啦!"熟人走过,接着"嘚啵"。

他大哥要把他送到福利院去,——福利院是收容傻子的地方,他妈舍不得。

亚运会期间,街道办事处把他捆起来,送进福利院关了几天。亚运会结束,又放了回来。傻八子为此愤愤不平:"捆我!"

我问过傻八子:"你怎么不结婚?"傻八子用手指指他的太阳穴:"这儿,坏啦!"

附近有一个女傻子,喜欢上了傻八子,要嫁给他。傻八子妈不同意,说:"俩傻子,怎么弄!"

我们楼有个女的,是开发廊的,爱打扮,细长眼,涂眼影,画嘴唇,穿的衣服很"港"。有一天这女的要到传达室打电话,下台阶时,从傻八子旁边擦身而过,傻八子跟她不知呜噜呜噜说了句什么。我问女的:"他跟你说什么?"——"他说我没穿袜子。"我这才注意到女的趿了一双很精致的拖鞋。傻八子会注意好看的女人,注意到她的脚,他并不彻底的傻。

另一个傻子家在蒲黄榆拐角的胡同里,小个子,精瘦精瘦的老是抱着肩膀匆匆忙忙地在这一带不停地走,嘴里也"嘚啵",但是声音小,不像傻八子大声"嘚啵"。匆匆忙忙地走着,"嘚啵"着,一时吃吃地笑。

蒲安里有个小傻子,也就是十五六岁,长得挺好玩,又白又胖。夏天,光着上身,一身白肉;圆滚滚的肚子上挂着一条极肥大的白裤衩,在粮店和副食店之间的空地上,甩着胳臂齐步走。见人就笑脸相迎,大声招呼:"你好!"——"你好!"

有一个傻子有四十岁了,穿得很整齐干净,他不"嘚啵",只是一脸的忧郁,在胡同口抱着胳臂,低头注视着地面,一动不动。

北京从前好像没有那么多傻子,现在为什么这样多?

六月十日

贾似道之死
——老学闲抄

到漳州,除了想买几头水仙花,还想去看看木棉庵。木棉庵离漳州市不远,汽车很快就到了。庵就在公路旁边,由漳州至福州,此为必经之地,用不着专程跑去看。木棉庵是个极小的庵。门开着,随便进出,无人管理。矮佛一尊,佛前一只瓦香炉,空的。殿上无钟磬,庭前有衰草,荒荒凉凉。庵当是后建的,南宋末年,想不是这样,应当是个颇大的去处。庵外土坡上,有碑两通,高过人,大字深刻:"郑虎臣诛贾似道于此"。两碑都是一样,字体亦相类。碑阴无字,于贾似道、郑虎臣事皆无记述。

我对贾似道所知甚少,只知道他是一个荒唐透顶的误国奸相。他在元人大兵压境,国家危如累卵的时候还在葛岭赐第的半闲堂里斗蟋蟀。很多人知道贾似道,是因为看了《红梅阁》(川剧、秦腔、昆曲和京剧)。通过李慧娘这个复仇的女鬼的形象,使人对贾似道的专横残忍留下深刻的印象。但《红梅阁》是虚构的传奇。年轻时看过《古今小说》里的《木棉庵郑虎臣报冤》，隔了五十年，印象已淡；而且看的时候就以为这是小说家言，不足为据，不相信它有什么史料价值。近读元人蒋正子《山房随笔》，并取《木棉庵郑虎臣报冤》相对照，发现两者记贾似道事基本相同。这位蒋正子不知道为什么对贾似道那么感兴趣，《山房随笔》只是薄薄的一册，最后的三大段倒都是有关贾似道的。我对蒋正子一无所知，但看来《山房随笔》是严肃的书，不是信口开河，成书距南宋末年当不甚远，有一段注明："季一山闲为郡学正，为予道之。"非得之道听途说，当可信。于是，我对《木棉庵郑虎臣报冤》就另眼相看起来。

贾似道是宋理宗贾贵妃的兄弟，历仕理宗、度宗、恭帝三朝，位极人臣，恶迹至多，不可胜数，自有《宋史》可查。他的最主要的罪恶是隐匿军情，出师溃败，断送了南宋最后一点残山剩水，造成亡国。

蒙古主蒙哥南侵，屯合州，遣忽必烈围鄂州、襄阳。湖北势危，枢密院一日接到三道告急文书，朝野震惊，理宗乃以贾似道兼枢密使京湖宣抚大使，进师汉阳，以解鄂州之围。贾似道不得已拜命。师次汉阳，蒙古攻城甚急，鄂州将破，贾似道丧胆，乃密遣心腹诣蒙古营中，求其退师，许以称臣纳币。忽必烈不许。会蒙古主蒙哥死于合州，忽必烈急于奔丧即位，遂许贾似道和议。约成，拔寨北归。

鄂州围解，贾似道将称臣纳币一手遮瞒，上表夸张鄂州之功。理宗亦以贾似道功同再造，下诏褒美。

元军一时未即南下，南宋小朝廷暂得晏安。贾似道以中兴功臣自居，日夕优游湖上，门客作词颂美者以千计。陆景思词中称之为"上天将相，平地神仙"。

理宗传位度宗，加似道太师，封魏国公，许以十日一朝，大小朝政皆于私第裁决。平章私第，成了宰相衙门。

度宗在位十年，卒，赵㬎继位，是为恭帝。恭帝是个懦弱的小皇帝，在位仅仅两年，凡事离不开贾似道。元军分兵南下，襄、邓、淮、扬，处处告急。贾似道遮瞒不过，只得奏闻。恭帝对似道说："元兵逼近，非师相亲行不可。"于是下诏，以贾似道都督诸路军马。贾似道上表出师，声势倒是很大。其时樊城陷，鄂州破，元军乘势破了池州，贾似道不敢进前，次于鲁港。部将逃的逃，死的死，诸军已溃，战守俱难，贾似道走入扬州城中，托病不出。宋室之亡，关键实在鲁港一战。

一时朝议，以为贾似道丧师误国，乞族诛以谢天下，御史交章劾奏，恭帝醒悟，乃下诏暴其罪，略云：

> 大臣具四海之瞻，罪莫大于误国；都督专阃外之寄，律尤重于丧师。具官贾似道，小才无取，大道未闻。历相两朝，曾无一善。变田

制以伤国本[1],立士籍以阻人才[2]。匿边信而不闻,旷战功而不举。至于寇逼,方议师征,谓当缨冠而疾趋,何为抱头而鼠窜?遂致三军解体,百将离心,社稷之势缀旒,臣民之言切齿。姑示薄罚,俾尔奉祠。呜呼!膺狄惩荆,无复周公之望;放兜殛鲧,尚宽《虞典》之诛,可罢平章军马重事及都督诸路军马。

这篇诏令见于《古今小说》,但看来是可靠的。诏令写得四平八稳,对贾似道的罪恶概括得很全面,这样典重合体的四六,也不是一般书会先生所能措手的。

贾似道罢相,朝议以为罪不止此,台史交奏,都以为似道该杀。恭帝柔弱,念似道是三朝元老,不但没有"族诛",对似道也未加刑,只是谪为高州团练副使,仍命于循州安置。"安置"一词,意思含混。如此发落,实在过轻。

宋制,大臣安置远州,都有个监押官。监押贾似道的,是郑虎臣。郑虎臣的确定,《木棉庵郑虎臣报冤》与《山房随笔》微有不同。《郑虎臣报冤》云:"朝议斟酌个监押

---

[1] 凡有田者,皆须验契,查勘来历,质对四至,稍有不合,没入其田;又丈量田地尺寸,如是有余,即为隐匿,亦没入。没入田产,不知其数,一时骚然。
[2] 似道极恨秀才,凡秀才应举,须亲书详细履历。又密令亲信查访,凡有词华文采者,皆疑其造言生谤,寻其过误,皆加黜落。

官,须得有力量的,有手段的,又要平日有怨隙的,方才用得",只云"朝议";《随笔》则具体举出"陈静观诸公欲置之死地,遂寻其平日极仇者监押"。郑虎臣和贾似道有什么仇?《随笔》云:"武学生郑虎臣登科,(似道)辄以罪配之";《郑虎臣报冤》则说:"此人乃太学生郑隆之子,郑隆被似道黥配而死。"至于郑虎臣请行,出于自愿,是一致的。——循州路远(在今广东惠州市东),本不是一趟好差事。

郑虎臣官职不高,只是新假的武功大夫,但他是"天使",路上一切他说了算。贾似道一路备受凌辱,苦不堪言,《郑虎臣报冤》有较详细的记载。到了漳州,漳州太守赵介如(此从《山房随笔》,《郑虎臣报冤》作赵分如),本是贾似道的门下客,设宴款待郑虎臣及贾似道。《随笔》云:"似道遂坐于下。"《报冤》云:"只得另设一席于别室,使通判陪侍似道。"细节不同,似以《报冤》说较合理。赵介如察虎臣有杀贾意,劝虎臣要杀不如趁早,免得似道活受罪。《郑虎臣报冤》云:

　　饮酒中间,分如察虎臣口气,衔恨颇深,乃假意问道:"天使今日押团练至此,想无生理,何不叫他速死,免受萵恼,却不干净?"

《山房随笔》则云：

> 介如察其有杀贾意，命馆人启郑，且以辞挑之……其馆人语郑云："天使今日押练使至此，度必无生理，曷若令速殒，免受许多苦恼。"

两相比较，《随笔》似更近情，这样的话哪能在酒席上当面直说，有一个中间人（馆人）传话，便婉转得多。

郑虎臣的回答，《报冤》云：

> 虎臣笑道："便是这恶物事，偏受得许多苦恼，要他好死却不肯死。"

《随笔》云：

> "便是这物事，受得这苦，欲死而不死。"

《随笔》较简练，也更像宋朝人的语气。《报冤》"虎臣笑道"，"笑道"颇无道理，为何而笑？

贾似道原是想服毒自杀的。《随笔》云：

> 虎臣一路凌辱，至漳州木棉庵病泄泻。踞

虎子，欲绝。虎臣知其服脑子求死。

《郑虎臣报冤》写得较细致：

> 似道自分必死，身边藏有冰脑一包，因洗脸，就掬水吞之。觉腹中痛极，讨个虎子坐下，看看命绝。

脑子、冰脑，即冰片，是龙脑树干分泌的香料，过去常掺入香末同烧，"瑞脑销金兽"便是指的这东西。中药铺以微量入丸散，治疮疖有效，多吃了，是会致命的。

似道服毒后，还是叫郑虎臣打死的。《郑虎臣报冤》：

> 虎臣料他服毒，乃骂道："奸贼，奸贼，百万生灵死于汝手，汝延捱许多路程，却要自死，到今日老爷偏不容你！"
>
> 将大槌连头连脑打了二三十，打得稀烂，呜呼死了。

这未免有点小说的渲染，《随笔》只两句话，反倒干脆：

乃云:"好教作只恁地死!"遂趯數下而殂。

  《木棉庵郑虎臣报冤》应该说是历史小说,严格意义的历史小说。是小说,当然会有些虚构,有些想象之词,但检对《山房随笔》,觉得其主要情节都是有根据的。其立意也是严肃的:以垂炯戒。这和《拗相公饮恨半山堂》的存有偏见,《苏小妹三难新郎》纯为娱乐,随意杜撰,是很不相同的。现在许多写历史题材的作品,尤其是电视剧,简直是瞎编,如写李太白与杨贵妃恋爱,就更不像话了。我觉得《木棉庵郑虎臣报冤》是短篇历史小说的一个典范:材料力求有据,写得也并非不生动。今天写历史题材的作品仍可取法。这,就是我写这篇文章的目的。

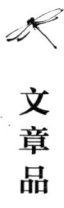

文章品

又读《边城》

请许我先抄一点沈先生写给三姐张兆和（我的师母）的信。

三三，我因为天气太好了一点，故站在船后舱看了许久水，我心中忽然好像彻悟了一些，同时又好像从这条河中得到了许多智慧。三三，的的确确，得到了许多智慧，不是知识。我轻轻地叹息了好些次。山头夕阳极感动我，水底各色圆石也极感动我，我心中似乎毫无什么渣滓，透明烛照，对河水，对夕阳，对拉船人同船，皆那么爱着，十分温暖地爱着！……我看到小小渔船，载了它的黑色鸬鹚向下流缓缓划去，看到石滩上拉船人的姿势，我皆异常感动且异常爱他们。……三三，我不知为什么，我感动得很！我希望活得长一点，同时把生活完全发展到我自己的这份工作上来。我会用自己的力量,为所谓人生,解释得比任何人皆庄严些与透入些!三三,我看久了水,从水里的石头得到一点平时好像不能得到的东西,对于人生,对于爱憎,仿佛全然与人不同了。我觉得惆怅得很,我总像看得太深太远,对于我自己,便成为受难者了,这时节我软弱得很,因为我爱了世界,爱了人类。三三,倘若我们这时正是两人同在一处,你瞧我眼睛湿到什么样子!

这是一封家书,是写给三三的"专利读物",不是宣言,用不着装样子,作假,每一句话都是真诚的,可信的。

从这封信,可以理解沈先生为什么要写《边城》,为什么会写得这样美。因为他爱世界,爱人类。

从这里也可以得到对沈从文的全部作品的理解。也许你会觉得这样的解释有点不着边际。不吧。

《边城》激怒了一些理论批评家,文学史家,因为沈从文没有按照他们的要求,他们规定的模式写作。

第一条罪名是《边城》没有写阶级斗争,"掏空了人物的阶级属性"。

是不是所有的作品都要写阶级斗争?

他们认为被掏空阶级属性的人物第一个大概是顺顺。他们主观先验地提高了顺顺的成分，说他是"水上把头"，是"龙头大哥"，是"团总"，恨不能把他划成恶霸地主才好。事实上顺顺只是一个水码头的管事。他有一点财产，财产只有"大小四只船"。他算个什么阶级？他的阶级属性表现在他有向上爬的思想，比如他想和王团总攀亲，不愿意儿子娶一个弄船的孙女，有点嫌贫爱富。但是他毕竟只是个水码头的管事，为人正直公平，德高望重，时常为人排难解纷，这样人很难把他写得穷凶极恶。

至于顺顺的两个儿子，天保和傩送，"向下行船时，多随了自己的船只充伙计，甘苦与人相共，荡桨时选最重的一把，背纤时拉头纤二纤"，更难说他们是"阶级敌人"。

针对这样的批评，沈从文做了挑战性的答复："你们多知道要作品有'思想'，有'血'有'泪'，且要求一个作品具体表现这些东西到故事发展上，人物言语上，甚至一本书的封面上，目录上。你们要的事多容易办！可是我不能给你们这个。我存心放弃你们……"

第二条罪名，与第一条相关联，是说《边城》写的是一个世外桃源，脱离现实生活。

《边城》是现实主义的还是浪漫主义的？《边城》有没有把现实生活理想化了？这是个非常叫人困惑的问题。

为什么这个小说叫作《边城》?这是个值得想一想的问题。

"边城"不只是一个地理概念,意思不是说这是个边地的小城。这同时是一个时间概念,文化概念。

"边城"是大城市的对立面。这是"中国另外一个地方另外一种事情"(《边城·题记》)。沈先生从乡下跑到大城市,对上流社会的腐朽生活,对城里人的"庸俗小气自私市侩"深恶痛绝,这引发了他的乡愁,使他对故乡尚未完全被现代物质文明所摧毁的淳朴民风十分怀念。

便是在湘西,这种古朴的民风也正在消失。沈先生在《长河·题记》中说:"一九三四年的冬天,我因事从北平回湘西,由沅水坐船上行,转到家乡凤凰县。去乡已十八年,一入辰河流域,什么都不同了。表现上看来,事事物物自然都有了极大进步,试仔细注意注意,便见出在变化中的堕落趋势。最明显的事,即农村社会所保有的那点正直朴素人情美,几乎快要消失无余,代替而来的却是近二十年实际社会培养成功的一种唯实唯利的人生观。"《边城》所写的那种生活确实存在过,但到《边城》写作时(一九三三年至一九三四年)已经几乎不复存在。《边城》是一个怀旧的作品,一种带着痛惜情绪的怀旧。《边城》是一个温暖的作品,但是后面隐伏着作者的很深的悲剧感。

可以说《边城》既是现实主义的,又是浪漫主义的,《边城》的生活是真实的,同时又是理想化了的,这是一种理想化了的现实。

为什么要浪漫主义,为什么要理想化?因为想留住一点美好的、永恒的东西,让它长在,并且常新,以利于后人。

《从文小说习作选·代序》说:

> 这世界上或有想在沙基或水面上建造崇楼杰阁的人,那可不是我。我只想造希腊小庙。选山地作基础,用坚硬石头堆砌它。精致,结实,匀称,形体虽小而不纤巧,是我的理想的建筑。这庙里供奉的是"人性"。
>
> 我要表现的本是一种"人生的形式",一种"优美,健康,自然,而又不悖乎人性的人生形式"。

喔!"人性",这个倒霉的名词!

沈先生对文学的社会功能有他自己的看法,认为好的作品除了使人获得"真美感觉之外,还有一种引人'向善'的力量,……从作品中接触另外一种人生,从这种人生景象中有所启发,对人生或生命能做更深一层的理解。"

(《小说作者和读者》)沈先生的看法"太深太远"。照我看,这是文学功能的最正确的看法。这当然为一些急功近利的理论家所不能接受。

《边城》里最难写,也是写得最成功的人物,是翠翠。
翠翠的形象有三个来源。
一个是泸溪县绒线铺的女孩子。

> 我写《边城》故事时,弄渡船的外孙女,明慧温柔的品性,就从那绒线铺小女孩印象得来。(《湘行散记·老伴》)

一个是在青岛崂山看到的女孩子。

> 故事上的人物,一面从一年前在青岛崂山北九水看到的一个乡村女子,取得生活的必然……(《水云》)

这个女孩子是死了亲人,带着孝的。她当时在做什么?据刘一友说,是在"起水"。金介甫说是"告庙"。"起水"是湘西风俗,崂山未必有。"告庙"可能性较大。沈先生在写给三姐的信中提到"报庙",当即"告庙"。金文是经过翻译的,"报"、"告"大概是一回事。我听沈先生说,是和三姐在汽车里看到的。当时沈先生对三姐说:"这个,我可以帮你写一个小说。"

另一个来源就是师母。

一面就用身边新妇作范本,取得性格上的朴素式样。(《水云》)

但这不是三个印象的简单的拼合,形成的过程要复杂得多。沈先生见过很多这样明慧温柔的乡村女孩子,也写过很多,他的记忆里储存了很多印象,原来是散放着的,崂山那个女孩子只是一个触机,使这些散放印象聚合起来,成了一个完完整整的形象,栩栩如生,什么都不缺。含蕴既久,一朝得之。这是沈先生的长时期的"思乡情结"茹养出来的一颗明珠。

翠翠难写,因为翠翠太小了(还过不了十六吧)。她是那样天真,那样单纯。小说是写翠翠的爱情的。这种爱情是那样纯净,那样超过一切世俗利害关系,那样的非物质。翠翠的爱情有个成长过程。总体上,是可感的,坚定的,但是开头是朦朦胧胧的,飘飘忽忽的。翠翠的爱是一串梦。

翠翠初遇傩送二老,就对二老有个难忘的印象。二老邀翠翠到他家去等爷爷,翠翠以为他是要她上有女人唱歌的楼上去,以为欺侮了她,就轻轻地说:"你个悖时砍脑壳的!"后来知道那是二老,想起先前骂人的那句话,心里又吃惊又害羞。到家见着祖父,"另一件事,属于自己不关祖父的,却使翠翠沉默了一个夜晚"。

两年后的端午节,祖父和翠翠到城里看龙船,从祖父与长年的谈话里,听明白二老是在下游六百里外青浪滩过的端午。翠翠和祖父在回家的路上走着,忽然停住了发问:"爷爷,你的船是不是正在下青浪滩呢?"这说明翠翠的心此时正在飞向滩边。

二老过渡,到翠翠家中做客。二老想走了,翠翠拉船。"翠翠斜睨了客人一眼,见客人正盯着她,便把脸背过去,抿着嘴儿,很自负地拉着那条横缆……""自负"二字极好。

翠翠听到两个女人说闲话,说及王团总要和顺顺打亲家,陪嫁是一座碾坊,又说二老不要碾坊,还说二老欢喜一个撑渡船的……翠翠心想:碾坊陪嫁,稀奇事情咧。这些闲话使翠翠不得不接触到实际问题。

但是翠翠还是在梦里。傩送二老按照老船工所指出的"马路",夜里去为翠翠唱歌。"翠翠梦中灵魂为一种美妙歌声浮起来,仿佛轻轻地各处飘着;上了白塔,下了菜园,到了船上,又复飞窜过悬崖半腰,——去做什么呢?

摘虎耳草!"这是极美的电影慢镜头,伴以歌声。

事情经过许多曲折。

天保大老走"车路"不通,托人说媒要翠翠不成,驾油船下辰州,掉到茨滩淹坏了。

大雷大雨的夜晚,老船夫死了。

祖父的朋友杨马兵来和翠翠做伴,"因为两个必谈祖父以及这一家有关系的事情,后来便说到了老船夫死前的一切,翠翠因此明白了祖父活时所不提到的许多事,二老的唱歌,顺顺大儿子的死,顺顺父子对祖父的冷淡,中寨人用碾坊做陪嫁妆奁诱惑傩送二老,二老既记忆着哥哥的死亡,且因得不到翠翠理会,又被家中逼着接受那座碾坊,意思还在渡船,因此赌气下行,祖父的死因,又如何与翠翠有关……凡是翠翠不明白的事,如今可都明白了。翠翠把事情弄明后,哭了一个夜晚。"哭了一夜,翠翠长成大人了。迎面而来的,将是什么?

"我平常最会想象好景致,且会描写好景致。"(《湘行集·泊缆子湾》)沈从文对写景可算是一个圣手。《边城》写景处皆十分精彩,使人如同目遇。小说里为什么要写景?景是人物所在的环境,是人物的外化,人物的一部分。景即人。且不说沈从文如何善于写景,只举一例,说明他如何善于写声音、气味:"天快夜了,别的雀子似乎都在休息了,只杜鹃叫个不息。石头泥土为白日晒了一整天，到这时节皆放散一种热气。空气中有泥土气味，有草木气味，且有甲虫气味。翠翠看着天上的红云，听着渡口飘来生意人的杂乱的声音，心中有些薄薄的凄凉。"有哪一个诗人曾经写过甲虫的气味？

《边城》的结构异常完美。二十一节，一气呵成；而各节又自成起讫，是一首一首圆满的散文诗。这不是长卷，是二十一开连续性的册页。

《边城》的语言是沈从文盛年的语言，最好的语言。既不似初期那样的放笔横扫，不加节制；也不似后期那样过事雕琢，流于晦涩。这时期的语言，每一句都"鼓立"饱满，充满水分，酸甜合度，像一篮新摘的烟台玛瑙樱桃。

《边城》，沈从文的小说，究竟应该在文学史上占一个什么地位？金介甫在《沈从文传》的引言中说："可以设想，非西方国家的评论家包括中国的在内，总有一天会对沈从文做出公正的评价：把沈从文、福楼拜、斯特恩、普罗斯特看成成就相等的作家。"总有一天，这一天什么时候来？

一九九二年十月二日

沈从文的寂寞
—— 浅谈他的散文

一九八一年湖南人民出版社出了沈先生的散文选。选集中所收文章，除了一篇《一个传奇的故事》、一篇《张八寨二十分钟》，其余的《从文自传》《湘行散记》《湘西》，都是三十年代写的。沈先生写这些文章时才三十几岁，相隔已经半个世纪了。我说这些话，只是点明一下时间，并没有太多感慨。四十年前，我和沈先生到一个图书馆去，站在一架一架的图书面前，沈先生说："看到有那么多人写了那么多书，我真是什么也不想写了！"古往今来，那么多人写了那么多书，书的命运，盈虚消长，起落兴衰，有多少道理可说呢。不过一个人被遗忘了多年，现在忽然又来出他的书，总叫人不能不想起一些问题。这有什么历史的和现实的意义？这对于今天的读者——主要是青年读者的品德教育、美感教育和语言文字的教育有没有作用？作用有多大？……

这些问题应该由评论家、文学史家来回答。我不想回答,也回答不了。我是沈先生的学生,却不是他的研究者(已经有几位他的研究者写出了很好的论文)。我只能谈谈读了他的散文后的印象。当然是很粗浅的。

文如其人。有几篇谈沈先生的文章都把他的人品和作品联系起来。朱光潜先生在《花城》上发表的短文就是这样。这是一篇好文章。其中说到沈先生是寂寞的,尤为知言。我现在也只能用这种办法。沈先生用手中一支笔写了一生,也用这支笔写了他自己。他本人就像一个作品,一篇他自己所写的作品那样的作品。

我觉得沈先生是一个热情的爱国主义者,一个不老的抒情诗人,一个顽强的不知疲倦的语言文字的工艺大师。

这真是一个少见的热爱家乡,热爱土地的人。他经常来往的是家乡人,说的是家乡话,谈的是家乡的人和事。他不止一次和我谈起棉花坡的渡船,谈起枫树坳,秋天,满城飘舞着枫叶。一九八一年他回凤凰一次,带着他的夫人和友人看了他的小说里所写过的景物,都看到了,水车和石碾子也终于看到了,没有看到的只是那个大型榨油坊。七十九岁的老人,说起这些,还像一个孩子。他记得的那样多,知道的那样多,想过的那样多,写了的那样多,这真是少有的事。他自己说他最满意的小说是写一条延长千里的沅水边上的人和事的。选集中的散文更全部是写湘西的。这在中国的作家里不多,在外国的作家里也不多。

这些作品都是有所为而作的。

沈先生非常善于写风景。他写风景是有目的的。正如他自己所说：

> 一首诗或者仅仅二十八个字，一幅画大小不过一方尺，留给后人的印象，却永远是清新壮丽，增加人对于祖国大好河山的感情。(《张八寨二十分钟》)

风景不殊，时间流动。沈先生常在水边，逝者如斯，他经常提到一个名词是"历史"。他想的是这块土地，这个民族的过去和未来。他的散文不是晋人的山水诗，不是要引人消沉出世，而是要人振作进取。

读沈先生的作品常令人想起鲁迅的作品，想起《故乡》、《社戏》(沈先生最初拿笔，就是受了鲁迅以农村回忆的题材的小说的影响，思想上也必然受其影响)。他们所写的都是一个贫穷而衰弱的农村。地方是很美的，人民勤劳而朴素，他们的心灵也是那样高尚美好，然而却在一种无望的情况中辛苦麻木地生活着。鲁迅的心是悲凉的。他的小说就混和着美丽与悲凉。湘西地方偏僻，被一种更为愚昧的势力以更为野蛮的方式统治着。那里的生活是"怕人"的，所出的事情简直是离奇的。一个从这种生活里过来的青年人,跑到大城市里,接受了"五四"以来的民主思想,转过头来再看看那里的生活,不能不感到痛苦。《新与旧》里表现了这种痛苦,《菜园》里表现了这种痛苦,《丈夫》《贵生》里也表现了这种痛苦,他的散文也到处流露了这种痛苦。土著军阀随便地杀人,一杀就是两三千。刑名师爷随便地用红笔勒那么一笔,又急忙提着长衫,拿着白铜水烟袋跑到高坡上去欣赏这种不雅观的游戏。卖菜的周家小妹被一个团长抢去了。"小婊子"嫁了个老烟鬼。一个矿工的女儿,十三岁就被驻防军排长看中,出了两块钱引诱破了身,最后咽了三钱烟膏,死掉了。……说起这些,能不叫人痛苦?这都是谁的责任。"浦市地方屠户也那么瘦了,是谁的责任?"——这问题看似提得可笑,实可悲。便是这种诙谐语气,也是从一种无可奈何的痛苦心境中发出的。这是一种控诉。在小说里,因为要"把道理包含在现象中",控诉是无言的。在散文中有时就明明白白地说了出来。"读书人的同情,专家的调查,对这种人有什么用?若不能在调查和同情以外有一个'办法',这种人总永远用血和泪在同样情形中打发日子。地狱俨然就是为他们而设的。他们的生活,正说明'生命'在无知与穷困包围中必然的种种。"(《辰谿的煤》)沈先生是一个不习惯于大喊大叫的人,但这样的控诉实不能说是十分"温柔敦厚"。不知道为什么他的这些话很少有人注意。

沈从文不是一个悲观主义者。个人得失事小,国家前途事大。他曾经明确提出:"民族兴衰,事在人为。"就在那样黑暗腐朽(用他的说法是"腐烂")的时候,他也没有丧失信心。他总是想激发青年的自尊心和自信心。"在事业上有以自现,在学术上有以自立。"他最反对愤世嫉俗,玩世不恭。在昆明,他就跟我说过:"千万不要冷嘲。"一九四六年,我到上海,失业,曾想过要自杀,他写了一封长信把我大骂了一通,说我没出息。信中又提到"千万不要冷嘲"。他在《〈长河〉题记》中说:"横在我们面前的许多事都使人痛苦,可是却不用悲观。社会还正在变化中,骤然而来的风风雨雨,说不定把许多人的高尚理想,卷扫摧残,弄得无踪无迹。然而一个人对于人类前途的热忱,和工作的虔敬态度,是应当永远存在,且必然能给后来者以极大鼓励的!"事情真奇怪,沈先生这些话是一九四二年说的,听起来却好像是针对"文化大革命"而说的。我们都经过那十年"痛苦怕人"的生活,国家暂时还有许多困难,有许多问题待解决。有一些青年,包括一些青年作家,不免产生冷嘲情绪,觉得世事一无可取,也一无可为。你们是不是可以听听一个老作家四十年前所说的这些很迂执的话呢?

我说这些话好像有点岔了题。不过也还不是离题万里。我的目的只是想说说沈先生的以民族兴亡为己任的爱国热情。

沈先生关心的是人，人的变化，人的前途。他几次提家乡人的品德性格被一种"大力"所扭曲、压扁。"去乡已十八年，一入辰河流域，什么都不同了。表面上看来，事事物物自然都有了极大进步，试仔细注意注意，便见出在变化中的一种堕落趋势。最明显的事，即农村社会所保有那点正直朴素的人情美，几乎快要消失无余，代替而来的却是近二十年实际社会培养成功的一种唯实唯利的庸俗人生观。敬鬼神畏天命的迷信固然已经被常识所摧毁，然而做人时的义利取舍是非辨别也随同泯没了。"（《〈长河〉题记》）他并没有想把时间拉回去，回到封建宗法社会，归真返朴。他明白，那是不可能的。他只是希望能在一种新的条件下，使民族的热情、品德，那点正直朴素的人情美能够得到新的发展。他在回忆了划龙船的美丽情景后，想到"我们用什么方法，就可使这些人心中感觉一种对'明天'的'惶恐'，且放弃过去对自然的和平态度，重新来一股劲儿，用划龙船的精神活下去？这些人在娱乐上的狂热，就证明这种狂热能换个方向，就可使他们还配在世界上占据一片土地，活得更愉快更长久一些。不过有什么方法，可以改造这些人的狂热到一件新的竞争方面去。可是个费思索的问题。"（《箱子岩》）

"希望到这个地面上,还有一群精悍结实的青年,来驾驭钢铁征服自然,这责任应当归谁?"——"一时自然不会得到任何结论。"他希望青年人能活得"庄严一点,合理一点",这当然也只是"近乎荒唐的理想"。不过他总是希望着。

他把希望寄托在几个明慧温柔,天真纯粹的小儿女身上。寄托在翠翠身上,寄托在《长河》里的三姊妹身上,也寄托在"一个多情水手与一个多情妇人"身上。——这是一篇写得很美的散文。牛保和那个不知名字的妇人的爱,是一种不正常的爱(这种不正常不该由他们负责),然而是一种非常淳朴真挚,非常美的爱。这种爱里闪耀着一种悠久的民族品德的光。沈先生在《〈长河〉题记》中说:"在《边城》题记上,曾提起一个问题,即拟将'过去'和'当前'对照,所谓民族品德的消失与重造,可能从什么地方着手。《边城》中人物的正直和热情,虽然已经成为过去陈迹了,应当还保留些本质在年轻人的血里或梦里,相宜环境中,即可重新燃起年轻人的自尊心和自信心。"提起《边城》和沈先生的许多其他作品,人们往往愿意和"牧歌"这个词联在一起。这有一半是误解。沈先生的文章有一点牧歌的调子。所写的多涉及自然美和爱情,这也有点近似牧歌。但就本质来说,和中世纪的田园诗不是一回事,不是那样恬静无为。有人说《边城》写的是一个世外桃源,更全部是误解(沈先生在《桃源与沅州》中就把来到桃源县访幽探胜的"风雅"人狠狠地嘲笑了一下)。《边城》(和沈先生的其他作品)不是挽歌,而是希望之歌。民族品德会回来么?

　　这个人也许永远不回来了,也许明天回来!

回来了! 你看看张八寨那个弄船女孩子!

　　令我显得慌张的,并不是渡船的摇动,却是那个站在船头,嘱咐我不必慌张,自己却从从容容在那里当家作事的弄船女孩子。我们似乎相熟又十分陌生。世界上就真有这种巧事,原来她比我二十四年写到的一个小说中人翠翠,虽晚生十来岁,目前所处环境却仿佛相同,同样在这么青山绿水中摆渡,青春生命在慢慢长成。不同处是社会变化大,见世面多,虽对人无机心,而对自己生存却充满信心。一种"从劳动中得到快乐增加幸福成功"的信心。这也正是一种新型的乡村女孩子共同的特征。目前一位有一点与众不同,只是所在背景环境。

沈先生的重造民族品德的思想，不知道为什么，多年来不被理解。"我作品能够在市场上流行，实际上近于买椟还珠，你们能欣赏我故事的清新，照例那作品背后蕴藏的热情却忽略了，你们能欣赏我文字的朴实，照例那作品背后隐伏的悲痛也忽略了。""寄意寒星荃不察"，沈先生不能不感到寂寞。他的散文里一再提到屈原，不是偶然的。

寂寞不是坏事。从某个意义上，可以说寂寞造就了沈从文。寂寞有助于深思，有助于想象。"我有我自己的生活与思想，可以说是皆从孤独中得来的。我的教育，也是从孤独中得来的。"他的四十本小说，是在寂寞中完成的。他所希望的读者，也是"在多种事业里低头努力，很寂寞的从事于民族复兴大业的人"。(《〈长河〉题记》)安于寂寞是一种美德。寂寞的人是充实的。

寂寞是一种境界，一种很美的境界。沈先生笔下的湘西，总是那么安安静静的。边城是这样，长河是这样，鸭窠围、杨家岨也是这样。静中有动，静中有人。沈先生擅长用一些颜色、一些声音来描绘这种安静的诗境。在这方面，他在近代散文作家中可称圣手。

> 黑夜占领了全个河面时，还可以看到木筏上的火光，吊脚楼窗口的灯光，以及上岸下船

在河岸大石间飘忽动人的火炬红光。这时节岸上船上都有人说话，吊脚楼上且有妇人在黯淡灯光下唱小曲的声音，每次唱完一支小曲时，就有人笑嚷。什么人家吊脚楼下有匹小羊叫，固执而且柔和的声音，使人听来觉得忧郁。

这些人房子窗口既一面临河，可以凭了窗口呼喊河下船中人，当船上人过了瘾，胡闹已够，下船时，或者尚有些事情嘱托，或者其他原因，一个晃着火炬停顿在大石间，一个便凭立在窗口，"大老你记着，船下行时又来！""好，我来的，我记着的。""你见了顺顺就说：'会呢，完了；孩子大牛呢，脚膝骨好了；细粉带三斤，冰糖或片糖带三斤。'""记得到，记得到，大娘你放心，我见了顺顺大爷就说：'会呢，完了；大牛呢，好了。细粉来三斤，冰糖来三斤。'""杨氏，杨氏，一共四吊七，莫错账！""是的，放心呵，你说四吊七就四吊七，年三十夜莫会多要你的！你自己记着就是了。"这样那样的说着，我一一都可听到，而且一面还可以听着在黑暗中某一处咩咩的羊鸣。（《鸭窠围的夜》）

真是如闻其声。这样的河上河下喊叫着的对话,我好像在别一处也曾听到过。这是一些多么平常琐碎的话呀,然而这就是人世的生活。那只小羊固执而柔和地叫着,使沈先生不能忘记,也使我多年不能忘记,并且如沈先生常说的,一想起就觉得心里"很软"。

> 不多久,许多木筏皆离岸了,许多下行船也拔了锚,推开篷,着手荡桨摇橹了。我卧在船舱中,就只听到水面人语声,以及橹桨激水声,与橹桨本身被扳动时咿咿哑哑声。河岸吊脚楼上妇人在晓气迷濛中锐声的喊人,正如同音乐中的笙管一样,超越众声而上。河面杂声的综合,交织了庄严与流动,一切真是一个圣境。
>
> 岸上吊脚楼前枯树边,正有两个妇人,穿了毛蓝布衣服,不知商量些什么,幽幽的说着话。这里雪已极少,山头皆裸露作深棕色,远山则为深紫色。地方静得很,河边无一只船,无一个人,一堆柴。只不知河边某一个大石后面有人正在捶捣衣服,一下一下的捣。对河也有人说话,却看不清楚人在何处。(《一个多情水手与一个多情妇人》)

"空山不见人，但闻人语响"，"竹喧归浣女，莲动下渔舟"，静中有动，以动为静，这是中国文学的一个长久的传统。但是这种境界只有一个摆脱浮世的萦扰，习惯于寂寞的人方能于静观中得之。齐白石题画云："白石老人心闲气静时一挥"，寂寞安静，是艺术创作所必需的气质。一个热衷于利禄，心气浮躁的人，是不能接近自然，也不能接近生活的。沈先生"习静"的方法是写字。在昆明，有一阵，他常常用毛笔在竹纸书写的两句诗是"绿树连村暗，黄花入麦稀"。我就是从他常常书写的这两句诗（当然不止这两句）里解悟到应该怎样用少量文字描写一种安静而活泼，充满生气的"人境"的。

> 我就是不想明白道理却永远为现象所倾心的人。我看一切，却并不把那个社会价值掺加进去，估定我的爱憎。我不愿问价钱上的多少来为万物做一个好坏批评，却愿意考查他在我官觉上使我愉快不愉快的分量。我永远不厌倦的是"看"一切。宇宙万汇在动作中，在静止中，在我印象里，我都能抓定它的最美丽与最调和的风度，但我的爱好显然却不能同一般目的相合。我不明白一切同人类生活相联结时的美恶，另外一句话来说，就是我不大领会伦

理的美。接近人生时我永远是个艺术家的感情，却不是所谓道德君子的感情。(《从文自传·女难》)

沈先生五十年前所做的这个"自我鉴定"是相当准确的。他的这种诗人气质，从小就有，至今不衰。

《从文自传》是一本奇特的书。这本书可以从各种角度去看。你可以看到从辛亥革命到"五四"湘西一隅的怕人生活，了解一点中国历史；可以看到一个人"生活陷于完全绝望中，还能充满勇气与信心始终坚持工作，他的动力来源何在"，从而增加一点自己对生活的勇气与信心。沈先生自己说这是一本"顽童自传"。我对这本书特别感兴趣，是因为这是一本培养作家的教科书，它告诉我人是怎样成为诗人的。一个人能不能成为一个作家，童年生活是起决定作用的。首先要对生活充满兴趣，充满好奇心，什么都想看看。要到处看，到处听，到处闻嗅，一颗心"永远为一种新鲜颜色，新鲜声音，新鲜气味而跳"，要用感官去"吃"各种印象。要会看，看得仔细，看得清楚，抓得住生活中"最美的风度"；看了，还得温习，记着，回想起来还异常明朗，要用时即可方便地移到纸上。什么都去看看，要在平平常常的生活里看到它的美，它的诗意，它的亚细亚式残酷和愚昧。比如，熔铁，这有什么看头呢？然而沈先生却把这过程写了好长一段，写得那样生动！一个打豆腐的，因为一件荒唐的爱情要被杀头，临刑前柔弱地笑笑，"我记得这个微笑，十余年来在我印象中还异常明朗"。(《清乡所见》)沈先生的这本《自传》中记录了很多他从生活中得到的美的深刻印象和经验。一个人的艺术感觉就是这样从小锻炼出来的。有一本书叫作《爱的教育》，沈先生这本书实可称为一本"美的教育"。我就是从这本薄薄的小书里学到很多东西，比读了几十本文艺理论书还有用。

沈先生是个感情丰富的人，非常容易动情，非常容易受感动（一个艺术家若不比常人更为善感，是不成的）。他对生活，对人，对祖国的山河草木都充满感情，对什么都爱着，用一颗蔼然仁者之心爱着。

> 山头一抹淡淡的午后阳光感动我，水底各色圆如棋子的石头也感动我。我心中似乎毫无渣滓，透明烛照，对万汇百物，对拉船人与小小船只，一切都那么爱着，十分温暖的爱着！(《一九三四年一月十八》)

因为充满感情，才使《湘行散记》和《湘西》流溢着动人的光彩。这里有些篇章可以说是游记，或报告文学，但不同于一般的游记或报告文学，它不是那样冷静，那样客观。有些篇，单看题目，如《常德的船》《沅陵的人》，尤其是《辰谿的煤》，真不知道这会是一些多么枯燥无味的东西，然而你看下去，你就会发现，一点都不枯燥！它不同于许多报告文学，是因为作者生于斯，长于斯，在这里生活过（而且是那样的生活过），它是凭作者自己的生活经验，凭亲历的第一手材料写的；不是凭采访调查材料写的。这里寄托了作者的哀戚、悲悯和希望，作者与这片地，这些人是血肉相关的，感情是深沉而真挚的，不像许多报告文学的感情是空而浅的，——尽管装饰了好多动情的词句。因为作者对生活熟悉且多情，故写来也极自如，毫无勉强，有时不厌其烦，使读者也不厌其烦；有时几笔带过，使读者悠然神往。

和抒情诗人气质相联系的，是沈先生还很富于幽默感。《一个爱惜鼻子的朋友》是一篇非常有趣的妙文。我每次看到"姓印的可算得是个球迷。任何人邀他去踢球，他皆高兴奉陪，球离他不管多远，他总得赶去踢那么一脚。每到星期天，军营中有人往沿河下游四里的教练营大操场同学兵玩球时，这个人也必参加热闹。大操场里极多牛粪，有一次同人争球，见牛粪也拼命一脚踢去，弄得另一个人全身一塌糊涂"，总难免失声大笑。这个人大概就是《自传》里提到的印鉴远。我好像见过这个人。黑黑，瘦瘦的，说话时爱往前探着头。而且无端地觉得他的脚背一定很高。细想想，大概是没有见过，我见过他的可能性极小。因为沈先生把他写得太生动，以至于使他在我印象里活起来了。沅陵的阙五老，是个多有风趣的妙人！沈先生的幽默是很含蓄蕴藉的。他并不存心逗笑，只是充满了对生活的情趣，觉得许多人，许多事都很好玩。只有一个心地善良，与人无忤，好脾气的人，才能有这种透明的幽默感。他是用微笑来看这个世界的，经常总是很温和地笑着，很少生气着急的时候。——当然也有。

仁者寿。因为这种抒情气质，从不大计较个人得失荣辱，沈先生才能经受了各种打击磨难，依旧还好好地活了下来。八十岁了，还是精力充沛，兴致勃勃。他后来"改行"搞文物研究，乐此不疲，每日孜孜，一坐下去就是十几个小时，也跟这点诗人气质有关。他搞的那些东西，陶瓷、漆器、丝绸、服饰，都是"物"，但是他看到的是人，人的聪明，人的创造，人的艺术爱美心和坚持不懈的劳动。他说起这些东西时那样兴奋激动，赞叹不已，样子真是非常天真。他搞的文物工作，我真想给它起一个名字，叫作"抒情考古学"。

沈先生的语言文字功力，是举世公认的。所以有这样的功力，一方面是由于读书多。"由《楚辞》、《史记》、曹植诗到'挂枝儿'曲,什么我都欢喜看看。"我个人觉得,沈先生的语言受魏晋人文章影响较大。试看:"由沅陵南岸看北岸山城,房屋接瓦连椽,较高处露出雉堞,沿山围绕,丛树点缀其间,风光入眼,实不俗气。由北岸向南望,则河边小山间,竹园、树木、庙宇、高塔、民居,仿佛各个位置都在最适当处。山后较远处群峰罗列,如屏如障,烟云变幻,颜色积翠堆蓝。早晚相对,令人想象其中必有帝子天神,驾螭乘蜺,驰骤其间。绕城长河,每年三四月春水发后,洪江油船颜色鲜明,在摇橹歌呼中联翩下驶。长方形大木筏,数十精壮汉子,各据筏上一角,举桡激水,乘流而下。就中最令人感动处,是小船半渡,游目四瞩,俨然四围皆山,山外重山,一切如画。水深流速,弄船女子,腰腿劲健,胆大心平,危立船头,视若无事。"(《沅陵的人》)这不令人想到郦道元的《水经注》?我觉得沈先生写得比郦道元还要好些,因为《水经注》没有这样的生活气息,他多写景,少写人。另外一方面,是从生活学,向群众学习。"我文字风格,假若还有些值得注意处,那只因为我记得水上人的言语太多了。"(《我的写作与水的关系》)沈先生所用的字有好些是直接从生活来,书上没有的。比如:"我一个人坐在灌满冷气的小小船舱中"的"灌"字(《箱子岩》),"把鞋脱了还不即睡,便镶到水手身旁去看牌"的"镶"字(《鸭窠囵的夜》)。这就同鲁迅在《高老夫子》里"我辈正经人犯不上酱在一起"的"酱"字一样,是用得非常准确的。这样的字,在生活里,群众是用着的,但在知识分子口中,在许多作家的笔下,已经消失了。我们应当在生活里多找找这种字。还有一方面,是不断地实践。

沈先生说:"本人学习用笔还不到十年,手中一支笔,也只能说正逐渐在成熟中,慢慢脱去矜持、浮夸、生硬、做作,日益接近自然。"(《从文自传·附记》)沈先生写作,共三十年。头一个十年,是试验阶段,学习使用文字阶段。当中十年,是成熟期。这些散文正是成熟期所写。成熟的标志,是脱去"矜持、浮夸、生硬、做作"。

沈先生说他的作品是一些"习作",他要试验用各种不同方法来组织铺陈。这几十篇散文所用的叙事方法就没有一篇是雷同的!

"一切作品都需要个性,都必须浸透作者人格和感情,想达到这个目的,写作时要独断,彻底的独断!(文学在这时代虽不免被当作商品之一种,便是商品,也有精粗,且即在同一物品上,制作者还可匠心独运,不落窠臼,社会上流行的风格,流行的款式,尽可置之不问。)"(《从文小说习作选·代序》)这在今天,对许多青年作家,也不失为一种忠告。一个作家,要有自己的风格,经得起时间的考验,必须耐得住寂寞,不要赶时髦,不要追求"票房价值"。

"虽然如此,我还预备继续我这个工作,且永远不放下我一点狂妄的想象,以为在另外一时,你们少数的少数,会越过那条间隔城乡的深沟,从一个乡下人的作品中,发现一种燃烧的感情,对于人类智慧与美丽永远的倾心,康健诚实的赞颂,以及对愚蠢自私极端憎恶的感情。这种感情且居然能刺激你们,引起你们对人生向上的憧憬,对当前一切的怀疑。先生,这打算在目前近于一个乡下人的打算,是不是。然而到另外一时,我相信有这种事。"(《从文小说习作选·代序》)莫非这"另外一时"已经到了么?

林斤澜的矮凳桥

林斤澜回温州住了一段,回到北京,写出了一系列关于矮凳桥的小说。他回温州,回北京,都是回。这些小说陆续发表后,有些篇我读过。读得漫不经心。我觉得不大看得明白,也没有读出好来。去年十月,我下决心,推开别的事,集中精力,读斤澜的小说,读了四天。苏东坡说他读贾岛的诗,"初如食小鱼,所得不偿劳"。读斤澜的小说,有点像这样:费事。读到第四天,我好像有点明白了。而且也读出好来了。不过叫我写评论,还是没有把握。我很佩服评论家,觉得他们都是胆子很大的人。他们能把一个作家的作品分析得头头是道,说得作家自己目瞪口呆。我有时有点怀疑。子非鱼,安知鱼之乐。你没有钻到人家肚子里去,怎么知道人家的作品就是怎么怎么回事呢?我看只能抓到一点,就说一点。言谈微中,就算不错。

林斤澜的桥

矮凳桥到底是什么样子？搞不清楚。苏南有些地方把小板凳叫作矮凳。我的家乡有烧火凳，是简陋的长凳而矮脚的。我觉得矮凳桥大概像烧火凳。然而是砖桥还是石桥，不清楚。——不会是木板桥，因为桥旁可以刻字。这都没有关系。

舍渥德·安德生写了一系列关于温涅斯堡的小说。据说温涅斯堡是没有的，这是安德生自己想出来的，造出来的。林斤澜的矮凳桥也有点是这样。矮凳桥可能有这么一个地方，有一点影子，但未必像斤澜所写的一样。斤澜把他自己的生活阅历倾入了这个地方，造了一座桥，一个小镇。斤澜在北京住了三十多年，对北京，特别是北京郊区相当熟悉。"文化大革命"以前他写过不少表现"社会主义新人"的小说，红了一阵。但是我总觉得那个时候，相当多的作家，都有点像是说着别人的话，用别人也用的方法写作。斤澜只是写得新鲜一点，聪明一点，俏皮一点。我们都好像在"为人作客"。这回，我觉得斤澜找到了老家。林斤澜有了自己的思想，自己的感情，自己的语言，自己的叙述方式，于是有了真正的林斤澜的小说。每一个作家都应当找到自己的老家，有自己的矮凳桥。

斤澜的老家在温州，他写的是温州。但是他写的不是乡土文学。乡土文学是一个恍恍惚惚的概念。但是目前某些标榜乡土文学的同志,他们在心目中排斥的实际上是两种东西,一是哲学意蕴,一是现代意识。林斤澜不是这样。

林斤澜对他想出来的矮凳桥是很熟悉的。过去、现在都很熟悉。他没有写一部矮凳桥的编年史。他把矮凳桥零切了。这样的写法有它的方便处。他可以从不同角度来审视。横写、竖写都行。他对矮凳桥的男女老少可以呼之即来,挥之则去。需要有人写几个字,随时拉出了袁相舟;需要来一碗鱼丸面,就把溪鳗提了出来。而且这个矮凳桥是活的。矮凳桥还会存在下去,笑翼、笑耳、笑杉都会有他们的未来。官不知会"娶"进一个什么样的后生。这样,林斤澜的矮凳桥可以源源不竭地写下去。这是个巧法子。

幔

> 世界好比叫幔幔着,千奇百怪,你当是看清了,其实雾腾腾……(《小贩们》)

幔就是雾。温州人叫"幔",贵州人叫"罩子",——"今天下罩子",意思都差不多。北京人说人说话东一句西一句,摸不清头绪,云里雾里的,写成文章,说是"云山雾沼"。照我看,其实应该写成"云苫雾罩"。林斤澜的小说正是这样:云苫雾罩。看不明白。

看不明白有两方面的原因。

一个是作者自己就不明白。斤澜在南京曾说:"我自己都不明白,怎么能让你明白呢?"斤澜说:"比如李地,她的一生,她一生的意义,我就不明白。"我当时在旁边,说:"我倒明白。这就是一个人不明不白的一生。"有的作家自以为对生活已经吃透,什么事都明白,他可以把一个人的一生,来龙去脉,前因后果,原原本本地告诉读者,而且还能清清楚楚地告诉你一大篇生活的道理。其实人为什么活着,是怎么活过来的,真不是那样容易明白的。"君子于其所不知,盖阙如也",只能是这样。这是老实态度。不明白,想弄明白。作者在想,读者也随之而在想。这个作品就有点想头。

另一方面,是作者故意不让读者明白。作者写的是什么,他心里是明白的,但是说得闪烁其词。含糊其词,扑朔迷离,云苫雾罩。比如《溪鳗》,还有《李地》里的《爱》,到底说的是什么?

在林斤澜作品讨论会上,有两位青年评论家指出,这里写的是性。我完全同意他们的说法。

写性,有几种方法。一种是赤裸裸地描写性行为,往丑里写。一种办法是避开正面描写,用隐喻,目的是引起读者对于性行为的诗意的、美的联想。孙犁写的一个碧绿的蝈蝈爬在白色的瓠子花上,就用的是这种办法。还有一种办法,就是林斤澜所用的办法,是把性象征化起来。他写得好像全然与性无关,但是读起来又会引起读者隐隐约约的生理感觉。

林斤澜屡次写鱼、鳗、泥鳅。闻一多先生曾著文指出:中国从《诗经》到现代民歌里的"鱼"都是"廋辞"。"鱼水交欢"嘛。不但是鱼,水,也是性的廋辞。

"袁相舟端着杯子,转脸去看窗外,那汪汪溪水漾漾流过晒烫了的石头滩,好像抚摸亲人的热身子。到了吊脚楼下边,再过去一点,进了桥洞。在桥洞那里不老实起来,撒点娇,抱点怨,发点梦呓似的呜噜呜噜……"(《溪鳗》)这写的是什么?

《爱》写得更为露骨:

> 三更半夜糊里糊涂,有一个什么——说不清是什么压到身上,想叫,叫不出声音。觉得滑溜溜的在身上又扭又裹裹的,手脚也动不得。仿佛"裹"到自己身体里去了。自己的身体也滑溜了,接着,软瘫热化了。

《溪鳗》最后写那个男人瘫痪了,这说的是什么?这说的是性的枯萎。

《溪鳗》的情况更复杂一些。这篇小说同时存在两个主题，性主题和道德主题。溪鳗最后把一个瘫痪男人养在家里，伺候他，这是一种心甘情愿也心安理得的牺牲，一种东方式的道德的自我完成。既是高贵的，又是悲剧性的。这两个主题交织在一起。性和道德的关系，这是一个既复杂而又深邃的问题。这个问题还很少有作家碰过。

这个问题林斤澜也还没有弄明白，他也还在想。弄明白了，就没有什么意思了。有意思的不是明白，是想。弄明白，是心理学家的事；想，是作家的事。

斤澜的小说一下子看不明白，让人觉得陌生。这是他有意为之的。他就是要叫读者陌生，不希望似曾相识。这种做法不但是出于苦心，而且确实是"孤诣"。

使读者陌生，很大程度上和他的叙述方法有关系。有些篇写得比较平实，近乎常规；有些篇则是反众人之道而行之。他常常是虚则实之，实则虚之；无话则长，有话则短。一般该实写的地方，只是虚虚写过；似该虚写处，又往往写得很翔实。人都是有话则长，无话则短。斤澜常于无话处死乞白赖地说，说了许多闲篇，许多废话；而到了有话（有事，有情节）的地方，三言两语。比如《溪鳗》，"有话"处只在溪鳗收留照料了一个瘫子，但是着墨不多，连溪鳗和这个男人究竟有过什么事都不让人明白（其实稍想一下还不明白么）；但是前面好几页说了鳗鱼的种类，鱼丸面的做法，袁相舟的诗兴大发，怎么想出"鱼非鱼小酒家"的店名……比如《小贩们》，"事儿"只是几个孩子比别的纽扣小贩抢先了一步，在船不靠码头的情况下跳到水里上岸，赶到电镀厂去镀了纽扣；但是前面写了一大堆这几个小贩子和女舵工之间的漫谈，写了馒，写了"火雾"（对于火雾的描写来自斤澜和我们同到吐鲁番看火焰山的印象，这一点我知道），写了三兄弟往北走的故事，写了北方撒尿用棍子敲，打豆浆往绳子上一浇就拎回家去了……这么写，不是喧宾夺主么？不。读完全篇，再回过头来看看，就会觉得前面的闲文都是必要的，有用的。《溪鳗》没有那些云苫雾罩的，不着边际的闲文，就无法知道这篇小说究竟说的是什么。花非花，鱼非鱼，人非人，性非性。或者可以反过来：人是人，性是性。袁相舟的诗："今日春梦非春时"，实在是点了这篇小说的题。《小贩们》如果不写这几个孩子的闲谈，不写出他们的活跃的想象，他们对于生活的充满青春气息的情趣，就无法了解他们脱了鞋袜跳到冰冷的水里的劲儿是从哪里来的，他们就成了心灵手快的名副其实的小商贩，他们就俗了，不可爱了。

"无话则长，有话则短"，这个话我当面跟斤澜说过。他承认了。拆穿了西洋景，有点煞风景，他倒还没有不高兴。他说:"有话的地方,大家都可以说,我就少说一点;没有话的地方,别人不说,我就多说说。"

斤澜是很讲究结构的。我曾在一篇文章里写过:小说结构的特点是"随便"。斤澜很不以为然。后来我在前面加了一句状语:苦心经营的随便,他算是拟予同意了。其实林斤澜的小说结构的精义,我看也只有一句:打破结构的常规。

斤澜近年小说还有一个特点,是搞文字游戏。"文字游戏"大家都以为是一个贬词。为什么是贬词呢?没有道理。斤澜常常凭借语言来构思。一句什么好的话,在他琢磨一团生活的时候,老是在他的思维里闪动,这句话推动着他,怂恿着他,蛊惑着他,他就由着这句话把自己飘浮起来,一篇小说终于受孕、成形了。舴艋舟、蚱蜢周、做舴艋舟的木匠姓周、老蚱蜢周、小蚱蜢周,李清照的"只恐双溪舴艋舟,载不动许多愁……"这许多音同形似的字儿老是在他面前晃,于是这篇小说就有了一种特殊的音响和色调。他构思的契机,我看很可能就是李清照的词。《溪鳗》的契机大概就是白居易的诗:花非花,雾非雾。这篇小说写得特别迷离,整个调子就是受了白居易的诗的暗示。白居易的"花非花,雾非雾"是一个到现在还没有解破的谜,《溪鳗》也好像是一个谜。

林斤澜把小说语言的作用提到很多人所未意识到的高

度。写小说,就是写语言。

人

我这样说,不是说林斤澜是一个形式主义者。矮凳桥系列小说有没有一个贯串性的主题?我以为是有的。那就是:"人"。或者:人的价值。这其实是一个大家都用的,并不新鲜的主题。不过林斤澜把它具体到一点:"皮实"。什么是"皮实"?斤澜解释得清楚,就是生命的韧性。

"石头缝里钻出一点绿来,那里有土吗?只能说落下点灰尘。有水吗?下雨湿一湿,风吹吹就干了。谁也不相信,谁也不知觉,这样的不幸,怎么会钻出一片两片绿叶,又钻出紫色的又朴素又新鲜的花朵。人惊叫道:'皮实'。单单活着不算数,还活出花朵叫世界看看,这是'皮实'的极致。"(《舴艋舟》)

他们当中有人意识到,并且努力要证实自己的存在的价值的。车钻冒着危险"破"掉矮凳桥下"碧沃"两个字,"什么也不为,就为叫大家晓得晓得我。"笑杉在坎肩上钉了大家都没有的古式的铜扣子,徜徉过市,又要一锤砸毁了,也是"我什么也不为,就为叫你们晓得晓得我"。有些人并不那样意识到自己的价值,但是她们各各儿用自己的所作所为证实了自己的价值,如溪鳗,如李地。

李地是一位母亲的形象。《惊》是一篇带有寓言性质的小说。很平淡，但是发人深思。当一群人因为莫须有的尾巴无故自惊，炸了营的时候，李地能够比较镇静。她并没有泰然自若，极其理智，但是她慌乱得不那么厉害，清醒得比较早。她所以能这样，是因为她经历的忧患较多，有一点曾经沧海了。这点相对的镇静是美丽的。长期的动乱，造就了这样一位沉着的母亲。李地到供销社卖了一个鸡蛋，六分钱。她胸有成竹地花了这六分钱：两分盐；两分线——一分黑线一分白线；一分石笔；一分冰糖（冰糖是给笑翼买的）。这本是很悲惨的事（林斤澜在小说一开头就提明这是六十年代初期的故事，我们都是从六十年代初期活过来的人，知道那年代是怎么回事），但是林斤澜没有把这件事写得很悲惨，李地也没有觉得悲惨。她计划着这六分钱，似乎觉得很有意思。这一分冰糖让她快乐。这就是"皮实"。能够度过困苦的、卑微的生活，这还不算；能于困苦卑微的生活觉得快乐，在没有意思的生活中觉出生活的意思，这才是真正的"皮实"，这才是生命的韧性。矮凳桥是不幸的。中国是不幸的。但是林斤澜并没有用一种悲怆的或是嘲弄的感情来看矮凳桥，我们时时从林斤澜的眼睛里看到一点温暖的微笑。林斤澜你笑什么？因为他看到绿叶，看到一朵一朵朴素的紫色的小花，看到了"皮实"，看到了生命的韧性。"皮实"

是我们这个民族的普遍的品德。林斤澜对我们的民族是肯定的，有信心的。因此我说：《矮凳桥》是爱国主义的作品。——爱国主义不等于就是打鬼子！

林斤澜写人，已经超越了"性格"。他不大写一般意义上的、外部的性格。他甚至连人的外貌都写得很少，几笔。他写的是人的内在的东西，人的气质，人的"品"。得其精而遗其粗。他不是写人，写的是一首一首的诗。溪鳗、李地、笑翼、笑耳、笑杉……都是诗，朴素无华的，淡紫色的诗。

涩

斤澜的语言原来并不是这样的。他的语言原来以北京话为基础（写的是京郊），流畅，轻快，跳跃，有点法国式的俏皮。我觉得他不但受了老舍，还受了李健吾的影响。后来他改了，变得涩起来，大概是觉得北京话用得太多，有点"贫"。《矮凳桥》则是基本上用了温州方言。这是很自然的，因为写的是温州的事。斤澜有一个很大的优势，他一直能说很地道的温州话。一个人的"母舌"总会或多或少地存在在他的作品里的。在方言的基础上调理自己的文学语言，是八十年代相当多的作家清楚地意识到的。语言是一种文化现象。语言的背景是文化。一个作家对传统文化和某一特定地区的文化了解得愈深切,他的语言便愈有特点。所谓语言有味、无味,其实是说这种语言有没有文化(这跟读书多少没有直接的关系。有人读书甚多,条理清楚,仍然一辈子语言无味)。每一种方言都有特殊的表现力,特殊的美。这种美不是另一种方言所能代替,更不是"普通话"所能代替的。"普通话"是语言的最大公约数,是没有性格的。斤澜不但能说温州话,且能深知温州话的美。他把温州话融入文学语言,我以为是成功的。但也带来一定的麻烦,即一般读者读起来费事。斤澜的语言越来越涩了。我觉得斤澜不妨把他的语言稍为往回拉一点,更顺一点。这样会使读者觉得更亲切。顺和涩我觉得是可以统一起来的,斤澜有意使读者陌生,但还不是拒人于千里之外。陌生与亲切也是可以统一起来的。让读者觉得更亲切一些,不好么?

　　董解元云:"冷淡清虚最难做。"斤澜珍重!

从哀愁到沉郁
——何立伟小说集《小城无故事》序

我最初读到的何立伟的小说是《小城无故事》。发表在《人民文学》上的。当时就觉得很新鲜。这样的小说我好像曾经很熟悉,但又似乎生疏了多年了。接着就有点担心。担心作者会受到批评,也担心《人民文学》因为发表这样的作品而受到批评。我担心某些读者和评论家会看不惯这样的小说,担心他们对看不惯的小说会提出非议。然而我的担心是多余了。看来我的思想还是相当保守的,对读者和评论家的估计过低了。何立伟和《人民文学》全都太平无事。——也许有一点"事"。但是我不知道。我放心了。何立伟接着发表了不少小说,有的小说还得了奖。我听到一些关于何立伟小说的议论,都是称赞的,都说何立伟是一个值得注意的、有自己的特点的青年作家。何立伟得到社会的承认,他在文艺界站住脚了,我很高兴。为立伟本人高兴,也为中国多了一个真正的作家而高兴。何立伟现在的情况可以说是"崭露头角",他的作品也预示出他会有很远大的前程。从何立伟以及其他一些破土而出，显露不同的才华的青年作家身上，我们看到中国文学的一片勃勃的生机，这真是太好了。

但是我以前看过立伟的小说很少，——我近年来不大看小说，好像只有《小城无故事》这一篇。

蒋子丹告诉我，何立伟要出小说集，要我写序。有一次见到王蒙，我告诉他何立伟要我写序（我知道立伟的小说有一些是经他的手发出去的）。王蒙说："你写吧！"我说我看过他的小说很少，王蒙说："看看吧，你会喜欢的。"我心想：好吧。

何立伟把他的小说的复印件寄来给我了，写序就由一句话变成了真事。复印件寄到时，我在香港。回来后知道他的小说发稿在即，就连日看他的小说。这样突击式地看小说，囫囵吞枣，能够品出多少滋味来呢？我于是感到为人写序是一件冒险的事。如果序里所说的话，全无是处，是会叫作者很难过的。但是我还是愿意来写这篇序，理由就是：我愿意。

子丹后来曾陪了立伟和另外一位湖南青年作家徐晓鹤到我在北京的住处来看过我。他们全都才华熠熠，挥斥方遒，都很快活。我很喜欢他们的年轻气盛的谈吐。因为时间匆促，未暇深谈。谈了些什么，我已经不记得了。只记得我大概谈起过废名。为什么谈起废名，大概是我觉得立伟的小说与废名有某些相似处。

立伟最近来信，说："上回在北京您同我谈起废名，我回来后找到他的书细细读，发觉我与他有很多内在的东西颇接近，便极喜欢。"

那么何立伟过去是没有细读过废名的小说的，然而他又发觉他与废名有很多内在的东西颇接近，这是很耐人深思的。正如废名，有人告诉他，他的小说与英国女作家弗吉尼亚·伍尔芙很相似，废名说："我没有看过她的小说"，后来找了弗吉尼亚·伍尔芙的小说来看了，说："果然很相似。"一个作家，没有读过另一作家的作品，却彼此相似，这是很奇怪的。

但是何立伟是何立伟，废名是废名。我看了立伟的全部小说，特别是后来的几篇，觉得立伟和废名很不一样。我的这篇序恐怕将写成一篇何立伟、废名异同论，这真是始料所不及。

废名是一位被忽视的作家。在中国被忽视，在世界上也被忽视了。废名作品数量不多，但是影响很大，很深，很远。我的老师沈从文承认他受过废名的影响。他曾写评论，把自己的几篇小说和废名的几篇对比。沈先生当时已经成名。一个成名的作家这样坦率而谦逊的态度是令人感动的。虽然沈先生对废名后期的小说十分不以为然。何其芳在《给艾青先生的一封信》提到刘西渭（李健吾）

非常认真地读了《画梦录》,但"主要地只看出了我受了废名影响的那一点"。那么受了废名影响的这一点,何其芳是承认的。我还可以开出一系列受过废名影响的作家的名单,只是因为本人没有公开表态,我也只好为尊者讳了。"但开风气不为师",废名是开了一代文学风气的,至少在北方。这样一个影响深远的作家,生前死后都很寂寞,令人怃然。

我读过废名的小说,《桃园》《竹林的故事》《桥》《枣》……都很喜欢。在昆明(也许在上海)读过周作人写的《怀废名》。他说废名的小说的一个特点是注重文章之美。说他的小说如一湾溪水,遇到一片草叶都要抚摸一下,然后再汩汩地向前流去(大意),这其实就是意识流,只是当时在中国,"意识流"的理论和小说介绍进来的还不多。这也是很有意思的事。西方的意识流的理论和小说还没有介绍进来,中国已经有用意识流的方法写的小说,并且比之西方毫无逊色,说明意识流并非是外来的。人类生活发展到一定阶段,对意识的认识发展到一定阶段,就会产生意识流的作品。这是不能反对,无法反对的。废名也许并不知道"意识流",正像他以前不知道弗吉尼亚·伍尔芙。他只是想真切地反映生活。他发现生活中意识是流动的,于是找到了一种新的对于生活的写法,于是开了一代风气。这种写法没有什么奥秘,只是追求:

更像生活。

周作人的文章还说废名之貌奇古,其额如螳螂。一九四八年我住在北京大学红楼,时常可以看到废名,他其时已经写了《莫须有先生坐飞机以后》,潜心于佛学。我只是看到他穿了灰色的长衫,在北大的路上缓缓地独行,面色平静,推了一个平头。我注意了他的相貌,没有发现其额如螳螂,也不见有什么奇古——一个人额如螳螂,是什么样子呢?实在想象不出。

何立伟与废名的相似处是哀愁。

立伟一部分小说所写的生活是湖南小城镇的封闭的生活,一种古铜色的生活。他的小说有一些写的是长沙,但仍是封闭着的长沙的一个角隅。这种古铜有如宣德炉,因为熔入了捶碎了的乌斯藏佛之类的贵重金属,所以呈现出斑斓的光泽。有些小说写了封闭生活中的古朴的人情。《小城无故事》里的吴婆婆每次看到癫姑娘,总要摸两个冷了的荷叶粑粑走出凉棚喊拢来那癫子。"莫发癫!快快同我吃了!"萧七罗锅侧边喊:"癫子,癫子,你拢来!""癫子,癫子,把碗葱花米豆腐你吃!"霍霍霍霍喝下肚,将那蓝花瓷碗往地上一撂,啪地碗碎了。萧七罗锅也不发火,只摇着他精光的脑壳蹲身下去一片一片拣碎瓷。还有用,回去拿它做得瓦片子,刨得芋头同南瓜。这实在写得非常好。拣了碎瓷,回去做得瓦片子,刨得芋头同南瓜,这是一种非常美的感情,很真实的感情。

但是这种封闭的古铜色的生活是存留不住的,它正在被打破,被铃木牌摩托车,被邓丽君的歌唱所打破。姚笃正老裁缝终于不得不学着做喇叭裤、牛仔裤(《砚坪那个地方》)。这是有点可笑的。然而,有什么办法呢?

面对这种行将消逝的古朴的生活,何立伟的感情是复杂的。这种感情大体上可以名之为"哀愁"。鲁迅在评论废名的小说时说:"……在一九二五年出版的《竹林的故事》里,才见以清淡为衣,而如著者所说,仍能'从他们当中理出我的哀愁'的作品。"从立伟的一些前期的小说中,我们都可觉察到这种哀愁。如《荷灯》,如《好清好清的杉木河》……。这种哀愁出于对生存于古朴世界的人的关心。这种哀愁像《小城无故事》里癞子姑娘手捏的栀子花,"香得并不酽,只淡淡有些幽远"。"满街满巷都是那栀子花淡远的香。然而用力一闻,竟又并没有。"何立伟的不少篇小说都散发着栀子花的香味,栀子花一样的哀愁。

鲁迅论废名文中说:"可惜的是大约作者过于珍惜他有限的'哀愁',不久就不欲像先前一般的闪露,于是从率直的读者看来,就只见其有意低徊,顾影自怜之态了。"老实说,看了一些立伟的短篇,我是有点担心的。一个作者如果停留在自己的哀愁中,是很容易流于有意低徊的。

立伟是珍惜自己的哀愁的。他有意把作品写得很淡。他凝眸看世界,但把自己的深情掩藏着,不露声色。他像一个坐在发紫发黑的小竹凳上看风景的人,虽然在他的心上流过很多东西。有些小说在最易使人动情的节骨眼上往往轻轻带过,甚至写得模模糊糊的,使人得捉摸一下才明白是怎么回事。如《搬家》,如《雪霁》。但是他后来的作品,感情的色彩就渐渐强烈了起来。他对那种封闭的生活表现了一种忧愤。他的两个中篇,《苍狗》和《花非花》都是这样。像《花非花》那样窒息生机的生活,是叫人会喊叫出来的。但是何立伟并没有喊叫,他竭力控制着自己的激情,他的忧愤是没有成焰的火,于是便形为沉郁。也仍然是不动声色的,但这样的不动声色而写出的貌似平淡的生活却有了强烈的现实感。

我很高兴何立伟在小说里写了希望。谁是改造这个封闭世界的力量?像刘虹(《花非花》)这样追求美好,爱生活的纯净的人(刘虹写得一点都不概念化,是很难得的)。"那世界,正一天天地、无可抗拒地新鲜起来,富于活力与弹性",是这样!

对立伟的这种变化,有人有不同意见,但我以为是好的。也许因为立伟所走过来的路和我有点像。

废名说过:"我写小说同唐人写绝句一样",立伟很欣赏他这句话。立伟的一些小说也是用绝句的方法写的,他和废名不谋而合。所谓唐人绝句,其实主要指中晚唐的绝句,尤其是晚唐绝句。晚唐绝句的特点,说穿了,就是重感觉,重意境。"小城无故事",立伟的小说不重故事,有些篇简直无故事可言,他追求的是一种诗的境界,一种淡雅的,有些朦胧的可以意会的气氛,"烟笼寒水月笼纱"。与其说他用写诗的方法写小说,不如说他用小说的形式写诗。这是何立伟赢得读者,受到好评的主要原因。我也是喜欢晚唐绝句的。最近看到一本书,说是诗以五古为最难写,一个诗人不善于写五古,是不能算作大诗人的。我想想,这有道理。诗至五古,堂庑始大,才厚重。杜甫的《北征》,我是到中年以后才感到其中的苍凉悲壮的。我觉得,立伟的《苍狗》和《花非花》,其实已经不是绝句,而是接近五古了。何立伟正在成熟。

何立伟的语言是有特色的。他写直觉,没有经过理智筛滤的,或者超越理智的直觉,故多奇句。这一点和日本的新感觉派相似,和废名也很相似。废名的名句:"万寿宫丁丁响",即略去万寿宫有铃铛,风吹铃铛,直接写万寿宫丁丁响。这在一群孩子的感觉中是非常真切的。立伟的造句奇峭似废名,甚至一些虚词也相似,如爱用"遂"、"乃"。立伟还爱用"抑且",这也有废名的味道。立伟以前没有细读过废名的作品,相似乃尔,真是奇怪!我觉得文章不可无奇句,但不宜多。龚自珍论人:"某公端端,酒后露轻狂,乃真狂。"奇句和狂态一样,偶露,才可爱。立伟初期的小说,我就觉得奇句过多。奇句如江瑶柱,多吃,是会使人"发风动气"的。立伟后来的小说,语言渐多平实,偶有奇句。我以为这也是好的。

立伟要我写序,尽两日之功写成,可能说了一些煞风景的话,不知道立伟会不会难过。

人之所以为人
——读《棋王》笔记

> 脑袋在肩上，
> 文章靠自己。
> ——阿城《孩子王》

读了阿城的小说，我觉得：这样的小说我写不出来。我相信，不但是我，很多人都写不出来。这样就很好。这样就增加了一篇新的小说，给小说这个概念带进了一点新的东西。否则，多写一篇，少写一篇，写，或不写，差不多。

提笔想写一点读了阿城小说之后的感想，煞费踌躇。因为我不认识他。我很少写评论。我评论过的极少的作家都是我很熟的人。这样我说起话来心里才比较有底。我认为写评论最好联系到所评的作家这个人，不能只是就作品谈作品。就作品谈作品，只论文，不论人，我认为这是目前文学评论的一个缺点。我不认识阿城,没有见过。他的父亲我是见过的。那是他倒了霉的时候,似乎还在生着病。我无端地觉得阿城像他的父亲。这很好。

阿城曾是"知青"。现有的辞书里还没有"知青"这个词条。这一条很难写。绝不能简单地解释为"有知识的青年"。这是一个特定的历史时期的产物,一个很特殊的社会现象,一个经历坎坷、别具风貌的阶层。

知青并不都是一样。正如阿城在《一些话》中所说:"知青上山下乡是一种特殊情况下的扭曲现象,它使有的人狂妄,有的人消沉,有的人投机,有的人安静。"这样的知青我大都见过。但是大多数知青,都有一个共同的特点,如阿城所说:"老老实实地面对人生,在中国诚实地生活。"大多数知青看问题比我们这一代现实得多。他们是很清醒的现实主义者。

大多数知青是从温情脉脉的纱幕中被放逐到中国的干硬的土地上去的。我小的时候唱过一支带有感伤主义色彩的歌:"离开父,离开母,离开兄弟姊妹们,独自行千里……"知青正是这样。他们不再是老师的学生,父母的儿女,姊妹的兄弟,赤条条地被掷到"广阔天地"之中去了。他们要用自己的双手谋食。于是,他们开始用自己的眼睛去看世界。棋呆子王一生说:"你们这些人好日子过惯了,世上不明白的事儿多着呢!"多数知青从"好日子"里被甩出来了,于是他们明白许多他们原来不明白的事。

我发现,知青和我们年轻时不同。他们不软弱,较少不着边际的幻想,几乎没有感伤主义。他们的心不是水蜜桃,不是香白杏。他们的心是坚果,是山核桃。

知青和老一代的最大的不同,是他们较少教条主义。我们这一代,多多少少都带有教条主义色彩。

我很庆幸地看到(也从阿城的小说里)这一代没有被生活打倒。知青里自杀的极少、极少。他们大都不怨天尤人。彷徨、幻灭,都已经过去了。他们怀疑过,但是通过怀疑得到了信念。他们没有流于愤世嫉俗,玩世不恭。他们是看透了许多东西,但是也看到了一些东西。这就是中国和人。中国人。他们的眼睛从自己的脚下移向远方的地平线。他们是一些悲壮的乐观主义者。有了他们,地球就可以修理得较为整齐,历史就可以源源不绝地默默地延伸。

他们是有希望的一代,有作为的一代。阿城的小说给我们传达了一个非常可喜的信息。我想,这是阿城的小说赢得广大的读者,在青年的心灵中产生共鸣的原因。

《棋王》写的是什么?我以为写的就是关于吃和下棋

的故事。先说吃,再说下棋。

文学作品描写吃的很少(弗吉尼亚·伍尔芙曾提出过为什么小说里写宴会,很少描写那些食物的)。大概古今中外的作家都有点清高,认为吃是很俗的事。其实吃是人生第一需要。阿城是一个认识吃的意义,并且把吃当作小说的重要情节的作家(陆文夫的《美食家》写的是一个馋人的故事,不是关于吃的)。他对吃的态度是虔诚的。《棋王》有两处写吃,都很精彩。一处是王一生在火车上吃饭,一处是吃蛇。一处写对吃的需求,一处写吃的快乐——一种神圣的快乐。写得那样精细深刻,不厌其烦,以至读了之后,会引起读者肠胃的生理感觉。正面写吃,我以为是阿城对生活的极其现实的态度。对于吃的这样的刻画,非经身受,不能道出。这使阿城的小说显得非常真实,不假。《棋王》的情节按说是很奇,但是奇而不假。

我不会下棋,不解棋道,但我相信有像王一生那样的棋呆子。我欣赏王一生对下棋的看法:"我迷象棋。一下棋,就什么都忘了。待在棋里舒服。"人总要待在一种什么东西里,沉溺其中。苟有所得,才能实证自己的存在,切实地掂出自己的价值。王一生一个人和几个人赛棋,连环大战,在胜利后,呜呜地哭着说:"妈,儿今天明白事儿了。人还要有点儿东西,才叫活着。"是的,人总要有点东西,活着才有意义。人总要把自己生命的精华都调动出来,倾力一搏,像干将、莫邪一样,把自己炼进自己的剑里,这,才叫活着。

"不有博弈者乎?为之犹贤乎已。"弈虽小道,可以喻大。"用志不分,乃凝于神",古今成事业者都需要有这么一点精神。这是我们这个时代需要的精神。

我这样说,阿城也许不高兴。作者的立意,不宜说破。说破便煞风景。说得太实,尤其令人扫兴。

阿城的小说的结尾都是胜利。人的胜利。《棋王》的结尾,王一生胜了。《孩子王》的结尾,"我"被解除了职务,重回生产队劳动去了。但是他胜利了。他教的学生王福写出了这样的好文章:"……早上出的白太阳,父亲在山上走,走进白太阳里去。我想,父亲有力气啦。"教的学生写出这样的好文章,这是胜利,是对一切陈规的胜利。

《树王》的结尾,萧疙瘩死了,但是他死得很悲壮。

因此,我说阿城是一个乐观主义者。

有人告诉我,阿城把道家思想揉进了小说。《棋王》里的确有一些道家的话。但那是拣烂纸的老头的思想。甚至也可以说是王一生的思想,不一定就是阿城的思想。阿城大概是看过一些道家的书。他的思想难免受到一些影响。《树王》好像就涉及一点"天"和"人"的关系（这篇东西我还没太看懂，捉不准他究竟想说什么，容我再看看，再想想）。但是我不希望把阿城和道家纠在一起。他最近的小说《孩子王》，我就看不出有什么道家的痕迹。我不希望阿城一头扎进道家里出不来。

阿城是有师承的。他看过不少古今中外的书。外国的，我觉得他大概受过海明威的影响，还有陀思妥也夫斯基。中国的，他受鲁迅的影响是很明显的。他似乎还受过废名的影响。他有些造句光秃秃的，不求规整，有点像《莫须有先生传》。但这都是瞎猜。他的叙述方法和语言是他自己的。司空图《二十四诗品》云："俯拾即是，不取诸邻。俱道适往，着手成春。"说得很好。阿城的文体的可贵处正在："不取诸邻"。"脑袋在肩上，文章靠自己。"

阿城是敏感的。他对生活的观察很精细，能够从平常的生活现象中看出别人视若无睹的特殊的情趣。他的观察是伴随了思索的。否则他就不会在生活中看到生活的底蕴。这样，他才能积蓄了各样的生活的印象，可以俯拾，形成作品。

然而在摄取到生活印象的当时，即在"十年动乱"期间，在他下放劳动的时候，没有写出小说。这是可以理解的，正常的。

只有在今天，现在，阿城才能更清晰地回顾那一段极不正常时期的生活，那个时期的人，写下来。因为他有了成熟的、冷静的、理直气壮的、不必左顾右盼的思想。一下笔，就都对了。

他的信心和笔力来自党的十一届三中全会以后中国生活的现实。十一届三中全会救了中国，救了一代青年人，也救了现实主义。

阿城业已成为有自己独特风格的青年作家，循此而进，精益求精，如王一生之于棋艺，必将成为中国小说的大家。

《年关六赋》序

"家贫难办蔬食,忙中不及作草"。我很想杜门谢客,排除杂事,花十天半个月时间,好好地读读阿成的小说,写一篇读后记。但是办不到。岁尾年关,索稿人不断。刚把材料摊开,就有人敲门。好容易想到一点什么,只好打断。杨德华同志已经把阿成的小说编好,等着我这篇序。看来我到明年第一季度也不会消停。只好想到一点说一点。

我是很愿意给阿成写一篇序的。我不觉得这是一件苦事。这是一种享受。并且,我觉得这也是我的一种责任。

我这几年很少看小说。

阿成的小说我没有看过。我听说有个阿成。连他的名噪一时的获奖作品《年关六赋》我也没有看过。我偶然看到的他的第一篇作品是《活树》(和另外两个短篇)。我大吃一惊。这篇小说的生活太真实了!接着我就很担心,为阿成担心,也为出版社担心。现在,这样的小说能出版么？我知道有那么一些人，对于真实是痛恨的。

我把阿成的小说选稿通读了一遍（有些篇重读过），慨然叹曰：他有扎扎实实的生活！我很羡慕。

我曾经在哈尔滨待过几天。我只知道哈尔滨有条松花江，有一些俄式住宅、东正教的教堂，有个秋林公司，哈尔滨人非常能喝啤酒，爱吃冰棍……

看了阿成的小说，我才知道圈儿里，漂漂女，灰菜屯……我才知道哈尔滨一带是怎么回事。阿成所写的哈尔滨是那样的真实，真实到近乎离奇，好像这是奇风异俗。然而这才是真实的哈尔滨。可以这样说：自有阿成，而后世人始识哈尔滨——至少对我说起来是这样。

一个小说家第一应该有生活，第二是敢写生活，第三是会写生活。

阿成的小说里屡次出现一个人物：作家阿成。这个阿成就是阿成自己。这在别人的小说里是没有见过的。为什么要自称"作家阿成"？这说明阿成是十分意识到自己是一个作家，意识到自己作为一个作家的责任的：要告诉人真实的生活，不说谎。这是一种严肃的，痛苦入骨的责任感。阿成说作家阿成作得很苦，我相信。

《年关六赋》赢得声誉是应该的。这篇小说写得很完整、很匀称，起止自在，顾盼生姿，几乎无懈可击。这标志着作者的写作技巧已经很成熟，不只是崭露头角而已了。现在的青年作家不但起步高,而且成熟得很快。这是五十年代的作家所不能及的。

但是这一集里我最喜欢的两篇是《良娼》和《空坟》。这两篇小说写得很美,是两首抒情诗,读了使人觉得十分温暖(冰天雪地里的温暖)。这是两个多美的女性呀。这是中国的,北国的名姝,是我们这个民族的无价的珠玉。这两个妇女的生活遭遇很不相同,但其心地的光明澄澈则一。

这两篇小说都是散发着浪漫主义的芳香的。关于浪漫主义有一种分切法,叫作积极的浪漫主义和消极的浪漫主义,这种分切法很怪。还有一种说法,叫作"革命的浪漫主义"。那么,是不是还有"不革命的浪漫主义"?"不革命的浪漫主义"是有的。沈从文的《边城》,在有些人看来就是"不革命"的。其实我看浪漫主义只有"为政治的"和"为人的"两种。或者,说谎的浪漫主义和不说谎的浪漫主义。有没有说谎的浪漫主义?我的《羊舍一夕》《寂寞与温暖》就多多少少说了一点谎。一个人说了谎还是没有说谎,以及为什么要说谎,自己还能不知道么?阿成的小说是有浪漫主义的,因为他对这两个妇女(以及其他一些人物)怀着很深的爱,他看到她们身上全部的诗意,全部的美,但是阿成没有说谎。这些诗意,这些美,是她们本有的,不是阿成外加到她们身上的。这是人物的素质,不是作者的愿望。

一个作家能不能算是一个作家,能不能在作家之林中立足,首先决定于他有没有自己的语言,能不能找到一种只属于他自己,和别人迥不相同的语言。阿成追求自己的语言的意识是十分强烈的。

阿成的句子出奇的短。他是我所见到的中国作家里最爱用短句子的,句子短,影响到分段也比较短。这样,就会形成文体的干净,无拖泥带水之病,且能跳荡活泼,富律动,有生气。

谁都看得出来,阿成的语言杂糅了普通话、哈尔滨方言、古语。他在作品中大量地穿插了旧诗词、古文和民歌。有一个问题我还没有捉摸清楚:阿成写的是东北平原,这里有些人唱的却是西北民歌,晋北的、陕北的。阿成大概很喜欢《走西口》这样的西北民歌,读过很多西北民歌。让西北民歌在东北平原上唱,似乎没有不合适。民歌是地域性很强的,但是又有超地域性。这很值得捉摸。

阿成有点"语不惊人死不休",他用了一些不常见的奇特的字句。这在年轻人是不可避免的,无可厚非。但有一种意见值得参考。宋人范晞文《对床夜话》云:

> 诗用生字,自是一病。苟欲用之,要使一句之意,尽于此字上见功,方为稳帖。

他举出一些唐人诗句中的用字,说:

> ……皆生字也,自下得不觉。

诗文可用奇字生字,但要使人不觉得这是奇字生字,好像这是常见的熟字一样。

阿成的叙述态度可以说是冷峻。他尽量控制自己的感情,不动声色。但有时会喷发出遏止不住的热情。如:

> 宋孝慈上了船,隔着雨,俩人都摆着手。
> 母亲想喊:我怀孕了——
> 汽笛一鸣,雨也颤,江也颤,泪就下来了。

冷和热错综交替,在阿成的很多小说中都能见到。这使他的小说和一些西方现代作家(如海明威)的彻底冷静有所不同。这形成一种特殊的感人力量。这使他的小说具有北方文学的雄劲之气。我觉得这和阿成的热爱民歌是有关系的。

阿成很有幽默感。

《年关六赋》老三的父亲年轻时曾和一个日本少女相爱。

解放后若干年,这事被红色造反派们知道了。说老三的父亲是民族的败类,是狗操的日本翻译,一定是日本潜伏特务。来调查老三的母亲时,母亲说:"怎么,干了日本娘们不行?我看干日本娘们是革命的,大方向是正确的。"

看到这里,没有人不哈哈大笑的。

老三是诗人,爱谈性,以为"无性与中性,阴性与阳性,阳性与阴性,阴阳二者构成宇宙,宇宇宙宙,阴阴阳阳,公公母母,雄雄雌雌,如此而已"。

　　老三的阴性,在机关工作,是党员,极讨厌老三把业余作家引到家里大谈其性。骂他没出息,不要脸,是流氓教唆犯:"准有一天被公安局抓了去,送到玉泉采石场,活活累死你!看你还性不性!操你个妈的!"

这句"操你个妈的"实在太绝了!

我最近读了几位青年作家(阿成我估计大概四十上下,也还算青年作家),包括我带的三个鲁迅文学院的研究生的作品。他们的作品的写法有的我是熟悉的,有的比较新,我还不大习惯。这提醒我:我已经老了。我渴望再年轻一次。

有一种说法:"十年文学"或"新时期文学"已经结束了,从一九八九年开始了另外一个时期。这个时期好像还没有定名。读了几位青年作家的作品,我觉得"新时期文学"并没有结束。虽然由于大家都知道的原因,文学创作有些沉寂,但是并未中断。我相信文学是要发展的,并且这种发展还是十一届三中全会后的"新时期文学"的延续,不会横插进一个尚未定名的什么时期。

我对青年作家的评价也许常常会溢美。前年我为一个初露头角的青年作家的小说写了一篇读后感,有一位老作家就说:"有这么好么?"老了,就是老了。文学的希望难道不在青年作家的身上,倒在六七十岁的老人身上么?"君有奇才我不贫",老作家对年轻人的态度不只是应该爱护,首先应该是折服。有人不是这样。

在读着阿成和另几位青年作家的作品的过程中,一天清晨,迷迷糊糊地做了一个梦,梦见一头骆驼在吃一大堆玫瑰花。

一个荒唐的梦。

一九九〇年十二月二十四日

《当代散文大系》总序 [1]

中国是散文的大国。中国散文历史的悠久，大概可以算世界第一。先秦诸子，都能文章，恣肆谨严，风格各异。《史记》乃无韵之《离骚》，立记叙之模范。魏晋辞赋，风神朗朗。韩愈起八代之衰，是文体上的一次大解放。欧阳修辞赡韵美。苏东坡行于当行，止于应止，使后世作家解悟：散文最大的特点，是自由。明季作家意识到语言的自然美，三袁张岱，是其代表。桐城义法，实本《史记》。龚定庵夭矫奇崛，遂为一代文宗。

中国的新文学，新诗、话剧、小说都是外来的形式，只有散文，却是土产。渊源有自，可资借鉴汲取的传统很丰厚。

鲁迅、周作人实是"五四"以后散文的两大支派。鲁迅悲愤，周作人简淡。后来作者大都是沿着这样两条路走

---

[1] 此文是汪曾祺先生为将由沈阳出版社出版的《当代散文大系》撰写的总序。

下来的。江河不择细流，侧叶旁枝，各呈异彩。然其主脉，不离鲁迅、周作人。

中国散文主要继承的是本国的传统，但也不是没有接受外来的影响。三十年代初，翻译了法国的蒙田、挪威的别伦·别尔生的散文，波特莱尔、屠格涅夫的散文诗，泰戈尔、纪伯伦的散文诗，这些都扩展了中国散文作家的眼界。西班牙的阿索林的作品介绍进来的不多，但是影响是很深的。

三十年代写散文的人很多，四十年代写散文的少了，散文几乎降为小说的附庸。

五十年代写散文的又多了起来，一时名家辈出。对五十年代的散文有不同看法。有人以为这是一个高峰期；有人以为这时的散文有一个很大的缺点，即出现了"模式"，使年轻的读者以为只有这样写才叫作散文。所谓"模式"，一是不管什么题目，最后都要结到歌颂祖国，歌颂社会主义，卒章显其志，有点像封建时代的试帖诗，最后一句总要颂圣；二是过多的抒情，感情缠绵，读起来有"女郎诗"的味道。成绩和缺点都是存在的。

六十年代散文的势头不旺。"文革"时期只有大批判的文章，但那不能叫作散文。那时不但没有散文，也没有文学。

七十年代后期，党的十一届三中全会以后，思想解放,文学复苏,散文如江南草长。物极必反,这时的散文不但摆脱了"文革"文风,也摆脱了五十年代的"模式"。

近三四年散文的长势很好,出现了好几种散文杂志,一般文学杂志也用较显著的篇幅刊登散文,或出散文专号。散文的地位由附庸蔚为大国。有人预言一九九三年将是散文年。

为什么散文会兴旺起来?一个是社会的原因,一个是文学的原因。中国人经过长期的折腾,大家都很累,心情浮躁,需要平静,需要安慰,需要一种较高文化层次的休息。尽管粗俗的文化还在流行,但是相当一部分人对此已经感到厌倦,他们需要品位较高的艺术享受,需要对人生独到的观察,对自成一家的语言的精美的享受。散文可以提供有文化的休息和这种精美的享受。散文可以说是应运而生。近年的散文自然也有相当多的平庸之作,但是总体上来说,质量是比较好的,出现了有自己的风格的散文家和足以传世的散文佳作。

近年散文写得好的,不少是女作家,这是个很值得研究的现象。什么原因?我想是女作家的感觉更细一些,女作家写"女郎诗"未可厚非;女作家对功利更超脱一些,对"为政治服务"抛弃得更远一些。

近年散文也有些什么缺点?我以为一是散文的天地还狭窄了一些。目前的散文,怀人、忆旧、记游的较多,其实书信、日记、读书笔记乃至交待检查,都可以是很好的散文。二是对散文的民族传统(包括"五四"以来的传统)继承得还不够,对外国散文作品借鉴得也不够。我们现在还很少散文家能写出鲁迅《二十四孝图说》那样气势磅礴,纵横挥洒的"大"散文,能写出像弗吉尼亚·伍尔芙的《果园里》那样用意识流方法写出的精致的小品。

中国散文的前景是辉煌的。

一九九二年十月二十九日

红豆相思
——读陈寅恪《柳如是别传·缘起》

陈寅恪先生学贯中西，才兼文史，是现代的大学问家，何以别出心裁，撰写《柳如是别传》？其缘起乃在常熟白茆港钱氏故园中红豆一粒，则其用意可知矣。

寅恪先生对于钱谦益的态度不苛刻，不是简单的用"汉奸"二字将其骂倒，而是去理解他的以著书修史自解的情事。而对柳如是则推崇有加。先生感赋之诗有句"谁使英雄休入觳"，注云："明南都倾覆，牧斋随例北迁，河东君独留金陵。未几牧斋南归，然则河东君之志可知也。"是以为柳如是的品格在钱谦益之上的，钱谦益身上的污泥，沾不到柳如是的身上。

寅恪先生淹博绝伦，而极谦虚，自谓"匪独牧翁之高文雅什，多不得其解，即河东君之清词丽句，亦有瞠目结舌，不知所云者"。怀笺释钱柳因缘诗之意，后二十年，始克属草。爬梳史实，寻绎诗意，貌其神韵，探得心源，又不知历若干寒暑。寅恪先生之于柳如是,可谓一往情深。《别传》是传记,又是一个长篇的抒情散文,既是真实的,又是诗意的。至于文章的潇洒从容,姿态横生,尤其余事。

精辟的常谈
—— 读朱自清《论雅俗共赏》

朱先生这篇文章的好处,一是通,二是常。

朱先生以为"雅俗共赏"这句成语,"从语气看来,似乎雅人多少得理会到甚至迁就着俗人的样子,这大概是在宋朝或者更后罢。"这说出了"雅俗共赏"的实质,抓住了中国文学发展的一个关键。

朱先生首先找出"雅俗共赏"的社会原因,那就是从唐朝安史之乱之后,"门第迅速地垮了台,社会的等级不像先前那样固定了,'士'和'民'这两个等级的分界不像先前的严格和清楚了,彼此的分子在流通着,上下着,而上去的比下来的多",上来的士人"多少保留着民间的生活方式和生活态度",他们"要重新估定价值,至少也得调整那旧来的标准与尺度。'雅俗共赏'似乎就是新提出的尺度或标准"。这是非常精辟的,唯物主义的分析。

朱先生提出语录、笔记对"雅俗共赏"所起的作用。

朱先生对文体的由雅入俗做了简明的历史回顾,从韩愈、欧阳修、苏东坡到黄山谷,是一脉相承的。黄山谷提出"以俗为雅",可以说是纲领性的理论。

从诗到词,从词到曲,到杂剧、诸宫调,到平话、章回小说,到皮黄戏,文学一步比一步更加俗化了。我们还可以举出"打枣竿"、"挂枝儿"之类的俗曲。这是文学发展的必然趋势,任何人也奈何不得。

这样,"有了白话正宗的新文学"就是水到渠成、顺理成章的事。

其后便有"通俗化"和"大众化"。

朱先生把好几百年的纷纭复杂的文学现象绎出了一个头绪,清清楚楚,一目了然。一通百通。朱先生把一部文学史真正读通了。

朱先生写过一本《经典常谈》。"常谈"是"老生常谈"的意思。这是朱先生客气,但也符合实际情况:深入浅出,把很大的问题,很深的道理,用不多的篇幅,浅近的话说出来。"常谈",谈何容易!朱先生早年写抒情散文,笔致清秀,中年以后写谈人生、谈文学的散文,渐归简淡,朴素无华,显出阅历、学问都已成熟。用口语化的语言写学术文章,并世似无第二人。

《论雅俗共赏》是一篇标准的"学者散文",一篇地地道道的 Essay。

阿索林是古怪的
——读阿索林《塞万提斯的未婚妻》

阿索林是我终生膜拜的作家。

阿索林是古怪的。

《塞万提斯的未婚妻》是一篇古怪的散文,一篇完全不按常规写作的,结构极不匀称的散文。

这是一篇游记么?

就说是吧。

文章分为一、二两截。

一用颇为滑稽的笔调写我——一个肥胖,快乐,做父亲了的小资产阶级的"我",在乘火车旅行的途中的满足、快活、安逸的心情。这个"我"难道会是阿索林本人?

二写阿索林在古色古香的西班牙——塞万提斯的故乡爱思基维阿斯的见闻。充满了回忆,怀旧,甚至有点感伤的调子。这里到处是塞万提斯的痕迹,塞万提斯的气息。塞万提斯每天在他的睡眠中听过的悦耳的钟声。"塞万提斯广场"。一个小小的狭窄的厅,有一条小走廊通到一个铁栏杆，塞万提斯曾经倚在那里眺望那辽阔、孤独、静默、单调、幽暗的田野。最后是塞万提斯的未婚妻。一个俏丽而温文的少女。一只手拿着一盘糕饼，一只手拿着一个小盘子，上面放着一只斟满爱思基维阿斯美酒的杯子，羞容满面，柔目低垂。这个活生生的现实中的少女使阿索林从她的身上看出费尔襄多·沙拉若莱思的女儿，米古爱尔特·塞万提斯的未婚妻本人。夜来临了，阿索林想起了在黄昏时分，在忧郁的平原间，那位讽刺家对他的爱人所说的话——简单的话，平凡的话，比他的书中一切的话更伟大的话。这就是塞万提斯，真正的塞万提斯。

我们见过许多堂·吉诃德的画像，钢笔画、铜版蚀刻、毕加索的墨笔画。这些画惊人地相似。我们把塞万提斯和堂·吉诃德混同起来，以为塞万提斯就是这个样子。可笑的误会。阿索林笔下的塞万提斯才是真正的塞万提斯，一个和他的未婚妻说着简单，平凡，比他的书中一切话更伟大的话的温柔的诗人。

于是我们可以说《塞万提斯的未婚妻》是一篇对塞万提斯的小小的研究。只是阿索林所采取的角度和一般塞万提斯的研究者完全不同。

文人论乐
——读肖伯纳《贝多芬百年祭》

肖伯纳是个多面手。他写小说,写戏,写散文、政论,有一个时期还是报纸的音乐评论专栏的撰稿人。

我是个乐盲,尤其是对于西洋音乐。我不知道肖伯纳文章是不是说得有道理,也许音乐家认为他只是个三脚猫。但是我觉得他的文章很有特点,就是他写出了性格,贝多芬的性格和他的音乐的性格。这使贝多芬能够为普通人理解,接受。这是专业的音乐评论家、乐队指挥办不到的。

不能指出《贝多芬百年祭》和《华伦夫人的职业》《魔鬼的门徒》有什么关联。但是这篇论文显然是一个小说家、戏剧家写的。它的力量在于它的文学性。

山水品

我的家乡

　　法国人安妮·居里安女士听说我要到波士顿，特意退了机票，推迟了行期，希望和我见一面。她翻译过我的几篇小说。我们谈了约一个小时，她问了我一些问题。其中一个是，为什么我的小说里总有水？即使没有写到水，也有水的感觉。这个问题我以前没有意识到过。是这样。这是很自然的。我的家乡是一个水乡，我是在水边长大的，耳目之所接，无非是水。水影响了我的性格，也影响了我的作品的风格。

　　我的家乡高邮在京杭大运河的下面。我小时候常常到运河堤上去玩（我的家乡把运河堤叫作"上河堆"或"上河塙"。"塙"字一般字典上没有，可能是家乡人造出来的字，音淌。"堆"当是"堤"的声转）。我读的小学的西面是一片菜园，穿过菜园就是河堤。我的大姑妈（我们那里对姑妈有个很奇怪的叫法，叫"摆摆"，别处我从未听过有此叫法）的家，出门西望，就看见爬上河堤的石级。

这段河堤有石级,因此地名"御码头",康熙或乾隆曾在此泊舟登岸(据说御码头夏天没有蚊子)。运河是一条"悬河",河底比东堤下的地面高,据说河堤和城墙垛子一般高,站在河堤上,可以俯瞰堤下街道房屋。我们几个同学,可以指认哪一处的屋顶是谁家的。城外的孩子放风筝,风筝在我们脚下飘。城里人家养鸽子,鸽子飞起来,我们看到的是鸽子的背。几只野鸭子贴水飞向东,过了河堤,下面的人看见野鸭子飞得高高的。

我们看船。运河里有大船。上水的大船多撑篙。弄船的脱光了上身,使劲把篙子梢头顶上肩窝处,在船侧窄窄的舷板上,从船头一步一步走到船尾。然后拖着篙子走回船头,欻的一声把篙子投进水里,扎到河底,又顶着篙子,一步一步走向船尾。如是往复不停。大船上用的船篙甚长而极粗,篙头如饭碗大,有锋利的铁尖。使篙的通常是两个人,船左右舷各一个;有时只一个人,在一边。这条船的水程,实际上是他们用脚一步一步走出来的。这种船多是重载,船帮吃水甚低,几乎要漫到船板上来。这些撑篙男人都极精壮,浑身作古铜色。他们是不说话的,大都眉棱很高,眉毛很重。因为长年注视着流动的水,故目光清明坚定。这些大船常有一个舵楼,住着船老板的家眷。船老板娘子大都很年轻,一边扳舵,一边敞开怀奶孩子,态度悠然。舵楼大都伸出一支竹竿,晾晒着衣裤,风吹着拍拍作响。

看打鱼。在运河里打鱼的多用鱼鹰。一般都是两条船,一船八只鱼鹰。有时也会有三条、四条,排成阵势。鱼鹰栖在木架上,精神抖擞,如同临战状态。打鱼人把篙子一挥,这些鱼鹰就劈劈啪啪,纷纷跃进水里。只见它们一个猛子扎下去,眨眼工夫,有的就叼了一条鳜鱼上来——鱼鹰似乎专逮鳜鱼。打鱼人解开鱼鹰脖子上的金属的箍(鱼鹰脖子上都有一道箍,否则它就会把逮到的鱼吞下去),把鳜鱼扔进船舱,奖给它一条小鱼,它就高高兴兴,心甘情愿地转身又跳进水里去了。有时两只鱼鹰合力抬起一条大鳜鱼上来,鳜鱼还在挣蹦,打鱼人已经一手捞住了。这条鳜鱼够四斤!这真是一个热闹场面。看打鱼的,鱼鹰,都很兴奋激动,倒是打鱼人显得十分冷静,不动声色。

远远地听见嘣嘣嘣嘣的响声,那是在修船、造船。嘣嘣的声音是斧头往船板上敲钉。船体是空的,故声音传得很远。待修的船翻扣过来,底朝上。这只船辛苦了很久,它累了,它正在休息。一只新船造好了,油了桐油,过两天就要下水了。看看崭新的船,叫人心里高兴——生活是充满希望的。船场附近照例有打船钉的铁匠炉,叮叮当当。有碾石粉的碾子,石粉是填船缝用的。有卖牛杂碎的摊子。卖牛杂碎的是山东人。这种摊子上还卖锅盔(一种很厚很大的面饼)。

我们有时到西堤去玩。我们那里的人都叫它西湖,湖很大,一眼望不到边,很奇怪,我竟没有在湖上坐过一次船。湖西是还有一些村镇的。我知道一个地名,菱塘桥,想必是个大镇子。我喜欢菱塘桥这个地名,引起我的向往,但我不知道菱塘桥是什么样子。湖东有的村子,到夏天,就把耕牛送到湖西去歇伏。我所住的东大街上,那几天就不断有成队的水牛在大街上慢慢地走过。牛过后,留下很大的一堆一堆牛屎。听说是湖西凉快,而且湖西有茭草,牛吃了会消除劳乏,恢复健壮。我于是想象湖西是一片碧绿碧绿的茭草。

高邮湖中,曾有神珠。沈括《梦溪笔谈》载:

"嘉祐中,扬州有一珠甚大,天晦多见,初出于天长县陂泽中,后转入甓社湖,又后乃在新开湖中,凡十余年,居民行人常常见之。余友人书斋在湖上,一夜忽见其珠甚近,初微开其房,光自吻中出,如横一金线,俄顷忽张壳,其大如半席,壳中白光如银,珠大如拳。灿然不可正视,十余里间林木皆有影,如初日所照,远处但见天赤如野火,倏然远去,其行如飞,浮于波中,杳杳如日。古有明月之珠,此珠色不类月,荧荧有芒焰,殆类日光。崔伯易尝为《明珠赋》。伯易高邮人,盖常见之。近岁不复出,不知所往。樊良镇正当珠往来处,行人至此,往往维船数肖以待现，名其亭为'玩珠'。"

这就是"秦邮八景"的第一景"甓社珠光"。沈括是很严肃的学者，所言凿凿，又生动细微，似乎不容怀疑。这是个什么东西呢？是一颗大珠子？嘉祐到现在也才九百多年，已经不可究诘了。高邮湖亦称珠湖，以此。我小时学刻图章，第一块刻的就是"珠湖人"，是一块肉红色的长方形图章。

湖通常是平静的，透明的。这样一片大水，浩浩渺渺（湖上常常没有一只船），让人觉得有些荒凉，有些寂寞，有些神秘。

黄昏了。湖上的蓝天渐渐变成浅黄，橘黄，又渐渐变成紫色，很深很浓的紫色。这种紫色使人深深感动。我永远忘不了这样的紫色的长天。

闻到一阵阵炊烟的香味，停泊在御码头一带的船上正在烧饭。

一个女人高亮而悠长的声音：

"二丫头……回来吃晚饭来……"

像我的老师沈从文常爱说的那样，这一切真是一个圣境。

高邮湖也是一个悬湖。湖面，甚至有的地方的湖底，比运河东面的地面都高。

湖是悬湖，河是悬河，我的家乡随处在大水的威胁之中。翻开县志，水灾接连不断。我所经历过的最大的一次水灾，是民国二十年。

这次水灾是全国性的。事前已经有了很多征兆。连降大雨，西湖水位增高，运河水平了漕，坐在河堤上可以"踢水洗脚"。有许多很"瘆人"的不祥的现象。天王寺前，虾蟆爬在柳树顶上叫。老人们说：虾蟆在多高的地方叫，大水就会涨得多高。我们在家里的天井里躺在竹床上乘凉，忽然拨剌一声，从阴沟里蹦出一条大鱼！运河堤上，龙王庙里香烛昼夜不熄。七公殿也是这样。大风雨的黑夜里，人们说是看见"耿庙神灯"了。耿七公是有这个人的，生前为人治病施药，风雨之夜，他就在家门前高旗杆上挂起一串红灯，在黑暗的湖里打转的船，奋力向红灯划去，就能平安到岸。他死后，红灯还常在浓云密雨中出现，这就是耿庙神灯——"秦邮八景"中的一景。耿七公是渔民和船民的保护神，渔民称之为七公老爷，渔民每年要做会，谓之七公会。神灯是美丽的，但同时也给人一种神秘的恐怖感。阴历七月，西风大作。店铺都预备了高挑灯笼——长竹柄，一头用火烧弯如钩状，上悬一个灯笼，轮流值夜巡堤。告警锣声不绝。本来平静的水变得暴怒了。一个浪头翻上来，会把东堤石工的丈把长的青石掀起来。看来堤是保不住了。终于，我记得是七月十三（可能记错），倒了口子。我们那里把决堤叫作倒口子。西堤四处，东堤六处。湖水涌入运河，运河水直灌堤东。顷刻之间，高邮成为泽国。

我们家住进了竺家巷一个茶馆的楼上（同时搬到茶馆楼上的还有几家），巷口外的东大街成了一条河，"河"里翻滚着箱箱柜柜，死猪死牛。"河"里行了船，会水的船家各处去救人（很多人家爬在屋顶上、树上）。

约一星期后，水退了。

水退了，很多人家的墙壁上留下了水印，高及屋檐。很奇怪，水印怎么擦洗也擦洗不掉。全县粮食几乎颗粒无收。我们这样的人家还不致挨饿，但是没有菜吃。老是吃慈姑汤，很难吃。比慈姑汤还要难吃的是芋头梗子做的汤。日本人爱喝芋梗汤，我觉得真不可理解。大水之后，百物皆一时生长不出，唯有慈姑芋头却是丰收！我在小学的教务处地上发现几个特大的蚂蟥，缩成一团，有拳头大，踩也踩不破！

我小时候，从早到晚，一天没有看见河水的日子，几乎没有。我上小学，倘不走东大街而走后街，是沿河走的。上初中，如果不从城里走，走东门外，则是沿着护城河。出我家所在的巷子南头，是越塘。出巷北，往东不远，就是大淖。我在小说《异秉》中所写的老朱，每天要到大淖去挑水，我就跟着他一起去玩。老朱真是个忠心耿耿的人，我很敬重他。他下水把水桶弄满（他两腿都是筋疙瘩——

静脉曲张），我就拣选平薄的瓦片打水飘。我到一沟、二沟、三垛，都是坐船。到我的小说《受戒》所写的庵赵庄去，也是坐船。我第一次离家乡去外地读高中，也是坐船——轮船。

水乡极富水产。鱼之类，乡人所重者为鳊、白、鲦（鲦花鱼即鳜鱼）。虾有青白两种。青虾宜炒虾仁，呛虾（活虾酒醉生吃）则用白虾。小鱼小虾，比青菜便宜，是小户人家佐餐的恩物。小鱼有名"罗汉狗子"、"猫杀子"者，很好吃。高邮湖蟹甚佳，以做醉蟹，尤美。高邮的大麻鸭是名种。我们那里八月中秋兴吃鸭，馈送节礼必有公母鸭成对。大麻鸭很能生蛋。腌制后即为著名的高邮咸蛋。高邮鸭蛋双黄者甚多。江浙一带人见面问起我的籍贯，答云高邮，多肃然起敬，曰："你们那里出咸鸭蛋。"好像我们那里就只出咸鸭蛋似的！

我的家乡不只出咸鸭蛋。我们还出过秦少游，出过散曲作家王磐，出过经学大师王念孙、王引之父子。

县里的名胜古迹最出名的是文游台。这是秦少游、苏东坡、孙莘老、王定国文酒游会之所。台基在东山（一座土山）上，登台四望，眼界空阔，我小时常凭栏看西面运河的船帆露着半截，在密密的杨柳梢头后面，缓缓移过，觉得非常美。有一座镇国寺塔，是个唐塔，方形。这座塔原在陆上，运河拓宽后，为了保存这座塔，留下塔的周围的土地，成了运河当中的一个小岛。镇国寺我小时还去玩过，是个不大的寺。寺门外有一堵紫色的石制的照壁，这堵照壁向前倾斜，却不倒。照壁上刻着海水，故名水照壁。寺内还有一尊肉身菩萨的坐像，是一个和尚坐化后漆成的，寺不知毁于何时。另外还有一座净土寺塔，明代修建。我们小时候记不住什么镇国寺、净土寺，因其一在西门，名之为西门宝塔；一在东门，便叫它东门宝塔。老百姓都是这么叫的。

全国以邮字为地名的，似只高邮一县。为什么叫作高邮？因为秦始皇曾在高处建邮亭。高邮是秦王子婴的封地，到今还有一条河叫子婴河，旧有子婴庙，今不存。高邮为秦代始建，故又名秦邮，外地人或以为这跟秦少游有什么关系，没有。

翠湖心影

有一个姑娘,牙长得好。有人问她:
"姑娘,你多大了?"
"十七"
"住在哪里?"
"翠湖西。"
"爱吃什么?"
"辣子鸡。"
过了两天,姑娘摔了一跤,磕掉了门牙。有人问她:
"姑娘多大了?"
"十五。"
"住在哪里?"
"翠湖。"
"爱吃什么?"
"麻婆豆腐。"
这是我在四十四年前听到的一个笑话。当时觉得很无聊（是在一个座谈会上听一个本地才子说的）。现在想起来觉得很亲切。因为它让我想起翠湖。

昆明和翠湖分不开，很多城市都有湖。杭州西湖、济南大明湖、扬州瘦西湖。然而这些湖和城的关系都还不是那样密切。似乎把这些湖挪开，城市也还是城市。翠湖可不能挪开。没有翠湖，昆明就不成其为昆明了。翠湖在城里，而且几乎就挨着市中心。城中有湖，这在中国，在世界上，都是不多的。说某某湖是某某城的眼睛，这是一个俗得不能再俗的比喻了。然而说到翠湖，这个比喻还是躲不开。只能说：翠湖是昆明的眼睛。有什么办法呢，因为它非常贴切。

翠湖是一片湖，同时也是一条路。城中有湖，并不妨碍交通。湖之中，有一条很整齐的贯通南北的大路。从文林街、先生坡、府甬道，到华山南路、正义路，这是一条直达的捷径。——否则就要走翠湖东路或翠湖西路，那就绕远多了。昆明人特意来游翠湖的也有，不多。多数人只是从这里穿过。翠湖中游人少而行人多。但是行人到了翠湖，也就成了游人了。从喧嚣扰攘的闹市和刻板枯燥的机关里，匆匆忙忙地走过来，一进了翠湖，即刻就会觉得浑身轻松下来；生活的重压、柴米油盐、委屈烦恼，就会冲淡一些。人们不知不觉地放慢了脚步，甚至可以停下来，在路边的石凳上坐一坐，抽一支烟，四边看看。

即使仍在匆忙地赶路,人在湖光树影中,精神也很不一样了。翠湖每天每日,给了昆明人多少浮世的安慰和精神的疗养啊。因此,昆明人——包括外来的游子,对翠湖充满感激。

翠湖这个名字起得好!湖不大,也不小,正合适。小了,不够一游;太大了,游起来怪累。湖的周围和湖中都有堤。堤边密密地栽着树。树都很高大。主要的是垂柳。"秋尽江南草未凋",昆明的树好像到了冬天也还是绿的。尤其是雨季,翠湖的柳树真是绿得好像要滴下来。湖水极清。我的印象里翠湖似没有蚊子。夏天的夜晚,我们在湖中漫步或在堤边浅草中坐卧,好像都没有被蚊子咬过。湖水常年盈满。我在昆明住了七年,没有看见过翠湖干得见了底。偶尔接连下了几天大雨,湖水涨了,湖中的大路也被淹没,不能通过了。但这样的时候很少。翠湖的水不深。浅处没漆,深处也不过齐腰。因此没有人到这里来自杀。我们有一个广东籍的同学,因为失恋,曾投过翠湖。但是他下湖在水里走了一截,又爬上来了。因为他大概还不太想死,而且翠湖里也淹不死人。翠湖不种荷花,但是有许多水浮莲。肥厚碧绿的猪耳状的叶子,开着一望无际的粉紫色的蝶形的花,很热闹。我是在翠湖才认识这种水生植物的。我以后再也没看到过这样大片大片的水浮莲。湖中多红鱼,很大,都有一尺多长。这些鱼已经习惯于人声脚步,见人不惊,整天只是安安静静地,悠然地浮沉游动着。有时夜晚从湖中大路上过,会忽然拨剌一声,从湖心跃起一条极大的大鱼,吓你一跳。湖水、柳树、粉紫色的水浮莲、红鱼,共同组成一个印象:翠。

一九三九年的夏天,我到昆明来考大学,寄住在青莲街的同济中学的宿舍里,几乎每天都要到翠湖。学校已经发了榜,还没有开学,我们除了骑马到黑龙潭、金殿,坐船到大观楼,就是到翠湖图书馆去看书。这是我这一生去过次数最多的一个图书馆,也是印象极佳的一个图书馆。图书馆不大,形制有一点像一个道观。非常安静整洁。有一个侧院,院里种了好多盆白茶花。这些白茶花有时整天没有一个人来看它,就只是安安静静地欣然地开着。图书馆的管理员是一个妙人。他没有准确的上下班时间。有时我们去得早了,他还没有来,门没有开,我们就在外面等着。他来了,谁也不理,开了门,走进阅览室,把壁上一个不走的挂钟的时针"喀拉拉"一拨,拨到八点,这就上班了,开始借书。这个图书馆的藏书室在楼上。楼板上挖出一个长方形的洞,从洞里用绳子吊下一个长方形的木盘。借书人开好借书单,——管理员把借书单叫作"飞子",昆明人把一切不大的纸片都叫作"飞子",买米的发票、包裹单、汽车票,都叫"飞子",——这位管理员看一看,放在木盘里,一拽旁边的铃铛,"当啷啷",木盘就从洞里吊上去了。——上面大概有个滑车。不一会儿，上面拽一下铃铛，木盘又系了下来，你要的书来了。这种古老而有趣的借书手续我以后再也没有见过。这个小图书馆藏书似不少，而且有些善本。我们想看的书大都能够借到。过了两三个小时，这位干瘦而沉默的有点像陈老莲画出来的古典的图书管理员站起来，把壁上不走的挂钟的时针"喀拉拉"一拨，拨到十二点：下班！我们对他这种以意为之的计时方法完全没有意见。因为我们没有一定要看完的书，到这里来只是享受一点安静。我们的看书，是没有目的的，从《南诏国志》到福尔摩斯，逮什么看什么。

翠湖图书馆现在还有么？这位图书管理员大概早已作古了。不知道为什么，我会常常想起他来，并和我所认识的几个孤独、贫穷而有点怪癖的小知识分子的印象掺和在一起，越来越鲜明。总有一天，这个人物的形象会出现在我的小说里的。

翠湖的好处是建筑物少。我最怕风景区挤满了亭台楼阁。除了翠湖图书馆，有一簇洋房，是法国人开的翠湖饭店。这所饭店似乎是终年空着的。大门虽开着，但我从未见过有人进去，不论是中国人还是法国人。此外，大路之东，有几间黑瓦朱栏的平房，狭长的，按形制似应该叫作"轩"。也许里面是有一方题作什么轩的横匾的，但是我记不得了。也许根本没有。轩里有一阵曾有人卖过面点，大概因为生意不好，停歇了。轩内空荡荡的，没有桌椅。只在廊下有一个卖"糠虾"的老婆婆。"糠虾"是只有皮壳没有肉的小虾。晒干了，卖给游人喂鱼。花极少的钱，便可从老婆婆手里买半碗，一把一把撒在水里，一尺多长的红鱼就很兴奋地游过来，抢食水面的糠虾，喳喋有声。糠虾喂完，人鱼俱散，轩中又是空荡荡的，剩下老婆婆一个人寂然地坐在那里。

　　路东伸进湖水，有一个半岛。半岛上有一个两层的楼阁。阁上是个茶馆。茶馆的地势很好，四面有窗，入目都是湖水。夏天，在阁子上喝茶，很凉快。这家茶馆，夏天，是到了晚上还卖茶的（昆明的茶馆都是这样，收市很晚），我们有时会一直坐到十点多钟。茶馆卖盖碗茶，还卖炒葵花子、南瓜子、花生米，都装在一个白铁敲成的方碟子里，昆明的茶馆计账的方法有点特别：瓜子、花生，都是一个价钱，按碟算。喝完了茶，"收茶钱！"堂倌走过来，数一数碟子，就报出个钱数。我们的同学有时临窗饮茶，嗑完一碟瓜子，随手把铁皮碟往外一扔，"pia——"，碟子就落进了水里。堂倌算账，还是照碟算。这些堂倌们晚上清点时，自然会发现碟子少了，并且也一定会知道这些碟子上哪里去了。但是从来没有一次收茶钱时因此和顾客吵起来过；并且在提着大铜壶用"凤凰三点头"手法为客人续水时也从不拿眼睛"贼"着客人。把瓜子碟扔进水里,自然是不大道德。不过堂倌不那么斤斤计较的风度却是很可佩服的。

除了到翠湖图书馆看书,喝茶,我们更多的时候是到翠湖去"穷遛"。这"穷遛"有两层意思,一是不名一钱地遛,一是无穷无尽地遛。"园日涉以成趣",我们遛翠湖没有个够的时候。尤其是晚上,踏着斑驳的月光树影,可以在湖里一遛遛好几圈。一面走,一面海阔天空,高谈阔论。我们那时都是二十岁上下的人,似乎有很多话要说,可说,我们都说了些什么呢?我现在一句都记不得了!

我是一九四六年离开昆明的。一别翠湖,已经三十八年了,时间过得真快!

我是很想念翠湖的。

前几年,听说因为搞什么"建设",挖断了水脉,翠湖没有水了。我听了,觉得怅然,而且,愤怒了。这是怎么搞的!谁搞的?翠湖会成了什么样子呢?那些树呢?那些水浮莲呢?那些鱼呢?

最近听说,翠湖又有水了,我高兴!我当然会想到这是三中全会带来的好处。这是拨乱反正。

但是我又听说,翠湖现在很热闹,经常举办"蛇展"什么的,我又有点担心。这又会成了什么样子呢?我不反对翠湖游人多,甚至可以有游艇,甚至可以设立摊篷卖破酥包子、焖鸡米线、冰激凌、雪糕,但是最好不要搞"蛇展"。我希望还我一个明爽安静的翠湖。我想这也是很多昆明人的希望。

一九八四年五月九日

滇游新记

泼水节印象

作家访问团四月六日离京赴云南,是为了能赶上泼水节。

十一日到芒市。这是泼水节的前一天。这天干部带领群众上山采花。采的花名锥栗花,是一串一串繁密而细碎的白色的小花,略带点浅浅的豆绿。我们到时,全市已经用锥栗花装饰起来了。

泼水节由来的传说是大家都知道的:有一魔王,具无上魔力,猛恶残暴,祸祟人民。他有七个妻子。一日,魔王酒醉,告诉最年轻的妻子:"我虽有无上魔力,亦有弱点。如拔下我的一根头发,在我颈上一勒,我头即断。"其妻乃乘魔王酣睡,拔取其头发一根,将魔王头颈勒断。不料魔王头落在哪里,哪里即起大火。魔王之妻只好将头抱着,七个妻子轮流抱持。她们身上沾染血污,气味腥臭。

诸邻居人，乃各以香水，泼向她们，为除不洁，世代相沿，遂成节日。

这大概只是口头传说，并无文字记载。泼水节仪式中看不出和这个传说直接有关的痕迹。傣族人所以重视这个节，是因为这是傣历的新年。作为节日的象征的，是龙。节日广场的中心有一条木雕彩画的巨龙。傣族的龙和汉族的不大一样。汉族的龙大体像蛇，蜿蜒盘屈；傣族的龙有点像鸟，头尾高昂，如欲轻举。这是东南亚的龙，不是北方的龙。龙治水，这是南方人北方人都相信的。泼水节供养木龙，顺理成章。泼水节是水的节。

节日还没有正式开始，一早起来，远近已经是一片铓锣象脚鼓的声音。铓锣厚重，声音发闷而能传远，象脚鼓声也很低沉，节拍也似很单调，只是一股劲地咚咚咚咚……，蓬蓬蓬蓬……，不像北方锣鼓打出许多花点。不强烈，不高昂激越，而极温柔。

仪式很简单。先由地方负责同志讲话，然后由一个中年的女歌手祝福，女歌手神情端肃，曼声吟诵，时间不短，可惜听不懂祝福的词句，同时，有人分发泼水粑粑和金米饭。泼水粑粑乃以糯米粉和红糖，包在芭蕉叶中蒸熟；金米饭是用一种山花把糯米染黄蒸熟了的。

泼水开始。每人手里都提了一只小水桶，塑料的或白铁的，内装多半桶清水，水里还要滴几点香水，桶内插了花枝。泼水,并不是整桶的往你身上泼,只是用花枝蘸水,在你肩膀上掸两下,一面用傣语说:"好吃好在。"我们是汉人,给我们泼水的大都用汉语说:"祝你健康。""祝你健康"太一般了,不如"好吃好在"有意思。接受别人泼水后,可以也用花枝蘸水在对方肩头掸掸,或在肩上轻轻拍三下。"好吃好在",——"祝你健康"。但是少男少女互泼,常常就不那么文雅了。越是漂亮的,挨泼的越多。主席台上有一个身材修长,穿了一身绿纱的姑娘,不大一会儿已经被泼得浑身上下都湿透了。

主席台上的桌椅都挪开了,为什么?有人告诉我:要在这里跳舞,跳"嘎漾"。台上跳,台下也跳。不知多少副铓锣象脚鼓都敲响了,蓬蓬咚咚,混成一片,分不清是哪一面锣哪一腔鼓敲出来的声音。

"嘎漾"的舞步比较简单。脚下一步一顿,手臂自然摆动,至胸前一转手腕。"嘎漾"是鹭鸶舞的意思。舞姿确是有点像鹭鸶。傣族人很喜欢鹭鸶。在碧绿的田野里时常可以看到成群的白鹭。"嘎漾"有十五六种姿势,主要的变化在腕臂。虽然简单,却很优美。傣族少女,着了筒裙,小腰秀颈,姗姗细步,跳起"嘎漾",极有韵致。在台上跳"嘎漾"的,就是方才招呼我们吃泼水粑粑,用花枝为我们泼水的服务员,全都打扮得花枝招展,一个赛似一个。我问陪同人:"她们是不是演员?"——"不是,有的是机关干部,有的是商店营业员。"

跳"嘎漾"的大部分是水傣,也有几个旱傣,她们也是服务人员。旱傣少女的打扮别是一样:头上盘了极粗的发辫,插了一头各种颜色的绢花。白纱上衣,窄袖,胸前别满了黄灿灿的镀金饰物。一边龙一边凤,还有一些金花、金蝶、金葫芦。下面是黑色的喇叭裤,系黑短围裙,垂下两根黑地彩绣的长飘带。水傣少女长裙曳地,仪态大方;旱傣少女则显得玲珑而带点稚气。

泼水节是少女的节,是她们炫耀青春、比赛娇美的节日。正是由于这些着意打扮,到处活跃的少女,才把节日衬托得如此华丽缤纷,充满活力。

晚上有宴会,到各桌轮流敬酒的,还是她们。一个一个重新梳洗,换了别样的衣裙,容光焕发,精力旺盛。她们的敬酒,有点霸道。杯到人到,非喝不可。好在砂仁酒度数不高而气味芳香,多喝两杯也无妨。我问一个岁数稍大的姑娘:"你们今天是不是把全市的美人都动员来了?"她笑着说:"哪里哟!比我们好看的有的是!"

第二天,我们到法帕区又参加了一次泼水节。规模不能与芒市比,但在杂乱中显出粗豪,另是一种情趣。

归时已是黄昏。德宏州时差比北京晚一小时,过七点了,天还不暗。但是泼水高潮已过。泼水少女,已经兴尽,三三两两,阑珊归去,只余少数顽童,还用整桶泥水,泼向行人车辆。

有一个少女在河边洗净筒裙,晾在树上。同行的一位青年小说家,有诗人气质,说他看了两天泼水节,没有觉得怎么样,看了这个少女晾筒裙,忽然非常感动。

泼水归来日未曛,
散抛锥栗入深林。
铓锣象鼓声犹在,
缅桂梢头晾筒裙。

泼水,泼人、被泼,都是未婚少女的事。一出嫁,即不再参与。已婚妇女的装束也都改变了。不再着鲜艳的筒裙,只穿白色衣裤,头上系一个衬有硬胎的高高的黑绸圆筒。背上大都用兜布背了一个孩子。她们也过泼水节,但只是来看看热闹。她们的精神也变了,冷静、淡漠,也许还有点惆怅、凄凉,不再像少女那样笑声琅琅,神采飞扬,眼睛发光。

大等喊

云南省作协的同志安排我在一个傣族寨子里住一晚上。地名大等喊。

车从瑞丽出发，经过一个中缅边界的寨子，云井寨。一条宽路从缅甸通向中国，可以直来直往。除了有一个水泥界桩外，无任何标志。对面有一家卖饵丝的铺子。有人买了一碗饵丝。一个缅甸女孩把饵丝递过来，这边把钱递过去。他们的手已经都伸过国界了。只要脚不跨过界桩，不算越境。

中缅边界真是和平边界。两国之间，不但毫无壁垒，连一道铁丝网都没有，简直不像两国的分界。我们到畹町的界桥头看过。桥头有一个检查站，旗杆上飘着中华人民共和国的国旗。一个缅甸小女孩提了饭盒走过界桥。她妈在畹町街上摆摊子做生意，她来给妈送饭来了。她每天过来，检查站的人都认得她。她大摇大摆地走过来，脸上带着一点笑。意思是：我又来了，你们好！站在国境线上，我才真正体会到中缅人民真是胞波。陈毅同志诗："共饮一江水"，是纪实，不是诗人的想象。

车经喊撒。喊撒有一个比较大的奘房，要去看看。

进寨子，有一家正在办丧事，陪同的同志说："可以到他家坐坐。"傣族人对生死看得比较超脱，人过五十五死去，亲友不哭。这也许和信小乘佛教有关。这家的老人是六十岁死的，算是"喜丧"了。进寨，寨里的人似都没有哀戚的神色，只是显得很沉静。有几个中年人在糊扎引魂的幡幢——傣族人死后，要给他制一个缅塔尖顶似的纸幡幢，用竹竿高高地竖起来，这样他的灵魂才能上天。几个年轻人不紧不慢地敲铓锣、象脚鼓，另外一些人好像在忙着做饭。傣族的风俗，人死了，亲友要到这家来坐五天。这位老人死已三日，已经安葬，亲友们还要坐两天。我们脱鞋，登木梯，上了竹楼。竹楼很宽敞，一侧堆了很多叠得整整齐齐的被子，有二十来个岁数较大的男男女女在楼板上坐着，抽烟、喝茶。他们也极少说话，静静的。

奘房是赕佛的地方。赕是傣语，本意是以物献佛，但不如说听经拜佛更确切些。傣族的赕佛，大体上是有一个男人跪在佛的前面诵念经文，很多信佛的跪在他身后听着。诵经人穿着如常人，也并无钟鼓法器，只是他一个人念，声音平直。偶尔拖长，大概是到了一个段落。傣族的跪，实系中国古代人的坐。古人席地而坐。膝着地，臀部落于脚跟，谓之坐。——如果直身，即为"长跪"。傣族赕佛时的姿势正是这样。

喊撒奘房的出名，除了比较大，还因为有一位佛爷。这位佛爷多年在缅甸，前三年才被请了回来。他并不领头赕佛，却坐在偏殿上。佛爷名叫伍并亚温撒，是全国佛教协会的理事，岁数不很大。他着了一身杏黄色的僧衣。这种僧衣不知叫什么，不是褊衫，也不是袈裟，上身好像只是一块布，缠裹着，袒其右臂。他身前坐了一些善男子。有人来了，向他合十为礼，他也点头笑答。有些信徒抽用一种树叶卷成的像雪茄似的烟。佛爷并不是道貌岸然，很随和。他和信徒们随意交谈。谈的似乎不是佛理，只是很家常的话，因为他不时发出很有人情味的笑声。

近午，至大等喊。等喊，傣语是堆金子的地方。因为有两个寨子都叫等喊，汉族人就在前面多加了一个字，一个叫大等喊，一个叫小等喊。傣语往往用很少的音节表很多的意思，如畹町，意思是太阳当顶的地方。因为电影《葫芦信》《孔雀公主》都在大等喊拍过外景，所以旅游的人都想来看看。

住的旅馆名"醉仙楼"，这是个汉族名字，老板在招牌下面于是又加了两个字：傣家。老板是汉人，夫人是傣族。两层的木结构建筑，作曲尺形。房间不多，作家访问团二十余人，就基本上住满了。房间里有床，并不是叫我们睡在地板上。房屋样式稍稍有点像竹楼。老板又花了钱把拍《葫芦信》和《孔雀公主》的布景上的装饰零件如木雕的佛龛之类买了下来，配置在廊厦角落，于是就很有点傣味了。

一住下来，泡一杯茶，往藤椅一坐，觉得非常舒服。连日坐汽车，参加活动，大家都累了，需要休息。

醉仙楼在寨口。一条平路，通到寨子里。寨里有几条岔路，也极平整。寨里极安静。到处都是干干净净的。空气好极了。到处是树。一丛一丛的凤尾竹，很多柚子树。大等喊的柚子是很有名的。现在不是柚子成熟的时候,只看见密密的深绿的树叶。空气里有一种淡淡的清苦味道,就是柚树叶片散发出来的。这里那里安置了一座一座竹楼,错落有致。傣家的竹楼不是紧挨着的,各家之间都有一段距离。除了当路的正门,竹楼的三面都是树。有一座奘房,大门锁着。我们到寨里一家首富的竹楼上做了一会儿客,女主人汉话说得很好,善于应酬。楼上真是纤尘不染。

醉仙楼的傣族特点不在住房,而在饭食。我们在这里吃了四顿地道的傣族饭。芭蕉叶蒸豆腐。拿上来的是一个绿色的芭蕉叶的包袱,解开来,里面是豆腐,还加了点碎肉、香料,鲜嫩无比。竹筒烤牛肉。一截二尺许长的青竹,把拌了作料的牛肉塞在里面,筒口用树叶封住,放在柴火里烤熟,切片装盘。牛肉外面焦脆,闻起来香,吃起来有嚼头。牛肉丸子。傣族人很会做牛肉。丸子小小的,我们吃了都以为是鱼丸子,因为极其细嫩。问了问,才知道是牛肉的。做这种丸子不用刀剁,而是用两根铁棒敲,要敲两个小时。苦肠丸子,苦肠是牛肠里没有完全消化的青草。傣族人生吃,做调料,蘸肉,是难得的美味。听说要请我们吃苦肠,我很高兴。只是老板怕我们吃不来,是和在肉丸子里蒸了的。有一点苦味,大概是因为碎草里有牛的胆汁。其实我倒很想尝尝生苦肠的味道。弄熟了,意思就不大了。当然,还少不了傣家的看家菜:酸笋煮鸡。不过这道菜我们在畹町、芒市都已经吃过了。小菜是酸腌菜、鱼眼睛菜——一种树的嫩头,有小骨朵儿如鱼眼,酸渍。傣族人喜食酸。

醉仙楼的老板不俗。他供应我们这几顿傣家饭是没有多少赚头的。他要请我们写几个字,特地大老远地跑到县城,和一位画家匀来了几张宣纸。醉仙楼每个房间里都放着一个缅甸细陶水壶,通身乌黑,造型很美。好几个作家想托他买。因为这两天没有缅甸人过来赶集,老板就按原价卖给了他们。这些作家于是一人攥了一个陶壶,上路了。

大等喊小住两天,印象极好。

这里的乌鸦比北方的小,鸟身细长,鸣声比较尖细,不像北方乌鸦哇哇地哑叫。

滇南草木状

尤加利树 尤加利树北方没有。四十六年前到昆明始识此树。树叶厚重,风吹作金石声。在屋里静坐读书,听着哗啦哗啦的声音,会忽然想起,这是昆明。说不上是乡愁,只是有点觉得此身如寄。因此对尤加利树颇有感情。

尤加利树木理旋拧,有一个特殊的用途,做枕木,经得起震，不易裂。现在枕木大都改成钢或水泥制造的了，这种树就不那么受到重视了。树叶提汁，可制糖果，即桉叶糖。爱吃桉叶糖的人也不是很多。

连云宾馆门内有一棵大尤加利树，粗可合抱，少见。

叶子花　昆明叶子花多，楚雄更多。龙江公园到处都是叶子花。这座公园是新建的，建筑物的墙壁栏杆的水泥都发干净的灰白色，叶子花的紫颜色更把公园衬托得十分明朗爽洁。芒市宾馆一丛叶子花攀附在一棵大树上。树有四丈高，花一直开到树顶。

叶子花的紫，紫得很特别，不像丁香，不像紫藤，也不像玫瑰，它就是它自己那样的一种紫。

叶子花夏天开花。但在我的印象里，它好像一年到头都开，老开着，没有见它枯萎凋谢过。大概它自己觉得不过是叶子，就随便开开吧。

叶子花不名贵，但不讨厌。

马缨花　走进龙江公园，我对市文联的同志说："楚雄如果选市花，可以选叶子花。"文联的同志说："彝族有自己的花，——马缨花。"马缨花？马缨花即合欢，北方多得很。"这是杜鹃科杜鹃的一种。"那么这不是合欢。走进开座谈会的会议室，桌上摆了一盆很大的花，我问："这是不是马缨花？"——"是的，是的。"名不虚传！这株马缨花干粗如酒杯口，横卧而出，矫健如龙，似欲冲盆飞去。叶略似杜鹃而长，一丛一丛的，相抱如莲花瓣。

周围的叶子深绿色,中心则为嫩绿。干端叶较密集,绿叶中开出一簇火红的花。花有点像杜鹃,但花瓣较坚厚,不像杜鹃那样的薄命相。花真是红。这是正红,大红。彝族人叫它马缨花是有道理的。云南的马缨不是麻丝攒成的;而是用一方红布扎成一个绣球。马缨不是缀在马的颈下,而是结在马的前额,如果是白马或黑马,老远就看得见,非常显眼。额头有马缨的马,多半是马帮里的头马。把这种花叫作马缨花,神似。马缨花大红大绿,颜色华贵,而姿态又颇奔放,于端庄中透出粗野,真是难得!

车行在高黎贡山中,公路两边的丛岭中,密林深处,时时可以看到一树通红通红的马缨花。

令箭 云南人爱种花。楚雄街上两边楼房的栏杆上摆得满满的花,各色各样,令箭尤其多。令箭北方常见,但不如楚雄的开花开得多。北方令箭,开十几朵就算不错,楚雄的令箭一盆开花上百朵。一片叶子上密密匝匝地涨出了好多骨朵儿,大概都有三十几个,真不得了!滇南草木,得天独厚,没有话说。

一品红 北京的一品红是栽在盆里的,高二三尺。芒市、盈江的一品红长成一人多高的树,绿叶少而红叶多,这也未免太过分了!

兰 云南兰花品类极多。盈江县招待所庭院中有一棵香樟树,树丫里寄生的兰花就有四种。这都是热带兰花。有一种是我认得的,虎头兰。花大,浅黄色。有一舌,舌白，舌端有紫色斑点。其余三种都未见过。一种开白花，一种开浅绿花。另一种开淡银红色的花，花瓣边似剪秋罗，很长的一串，除了有兰花一样的长叶子披下来，真很难说这是兰花。

兰花最贵重的是素心兰。大理街上有一家门前放了两盆素心兰，旁贴一纸签："出售"。一看标价：二百。大理是素心兰的产地，本地昂贵如此，运到外地，可想而知。素心兰种在高高泥盆里。盆腹鼓起，如一小坛。

在保山，有人要送我一盆虎头兰。怎么带呢？

茶花 茶花已经开过了。遗憾。

丽江有一棵茶花王，每年开花万朵，号称"万朵茶花"，——当然这是累计的，一次开不了那样多。不过这也是奇迹了。有人告诉过我，茶花最多只能开三百朵。

大青树 大青树不成材，连烧火都不燃，故能不遭斤斧，保其天年，唯堪与过往行人遮荫，此不材之材。滇南大青树多"一树成林"。

紫薇 紫薇我没有见过很大的。昆明金殿两边各有一棵紫薇，树上挂一木牌，写明是"明代紫薇"，似可信。树干近根部已经老得不成样子，疙瘩流秋。梢头树叶犹繁茂，开花时，必有可观。用手指搔搔它的树干，无反应。它已经那么老了，不再怕痒痒了。

觅我游踪五十年

将去云南,临行前的晚上,写了三首旧体诗。怕到了那里,有朋友叫写字,临时想不出合话词句。一九八七年去云南,一路写了不少字,平地抠饼,现想词儿,深以为苦。其中一首是:

羁旅天南久未还,
故乡无此好湖山。
长堤柳色浓如许,
觅我游踪五十年。

我在西南联大读书时,曾两度租了房子住在校外。一度在若园巷二号,一度在民强巷五号一位姓王的老先生家的东屋。民强巷五号的大门上刻着一副对联:

圣代即今多雨露

故乡无此好湖山

我每天进出,都要看到这副对子,印象很深。这副对联是集句。上联我到现在还没有查到出处,意思我也不喜欢。我们在昆明的时候,算什么"圣代"呢!下联是苏东坡的诗。王老先生原籍大概不是昆明,这里只是他的寓庐。他在门上刻了这样的对联,是借前人旧句,抒自己情怀。我在昆明待了七年。除了高邮、北京,在这里的时间最长,按居留次序说,昆明是我的第二故乡。少年羁旅,想走也走不开,并不真的是留恋湖山,写诗(应是偷诗)时不得不那样说而已。但是,昆明的湖山是很可留恋的。

我在民强巷时的生活,真是落拓到了极点。一贫如洗。我们交给房东的房租只是象征性的一点,而且常常拖欠。昆明有些人家也真是怪,愿意把闲房租给穷大学生住,不计较房租。这似乎是出于对知识的怜惜心理。白天,无所事事,看书,或者搬一个小板凳,坐在廊檐下胡思乱想。有时看到庭前寂然的海棠树有一小枝轻轻地弹动,知道是一只小鸟离枝飞去了。或者无目的地到处游逛,联大的学生称这种游逛为 Wandering。晚上,写作,记录一些印象、感觉、思绪,片片段段,近似 A.纪德的《地粮》。毛笔,用晋人小楷,写在自己订成的一个很大的棉纸本子上。这种习作是不准备发表的,也没有地方发表。不停地抽烟，扔得满地都是烟蒂，有时烟抽完了，就在地下找找，拣起较长的烟蒂，点了火再抽两口。睡得很晚。没有床，我就睡在一个高高的条几上，这条几也就是一尺多宽。被窝的里面都已不知去向，只剩下一条棉絮。我无论冬夏，都是拥絮而眠。条几临窗，窗外是隔壁邻居的鸭圈，每天都到这些鸭子呷呷叫起来，天已薄亮时，才睡。有时没钱吃饭，就坚卧不起。同学朱德熙见我到十一点钟还没有露面，——我每天都要到他那里聊一会儿的，就夹了一本字典来，叫："起来，去吃饭！"把字典卖掉，吃了饭，Wandering，或到"英国花园"（英国领事馆的花园）的草地上躺着，看天上的云，说一些"没有两片树叶长在一个空间"之类的虚无缥缈的胡话。

有一次替一个小报约稿，去看闻一多先生。闻先生看了我的颓废的精神状态，把我痛斥了一顿。我对他的参与政治活动也不以为然，直率地提出了意见。回来后，我给他写了一封短信，说他对我俯冲了一通。闻先生回信说："你也对我高射了一通。今天晚上你不要出去，我来看你。"当天，闻先生来看了我。他那天说了什么，我已经不记得了。看了我，他就去闻家驷先生家了，——闻家驷先生也住在民强巷。闻先生是很喜欢我的。

若园巷二号的房东是一个上了年纪的寡妇，她没有儿女，只和一个又像养女又像使女的女孩子同住楼下的正屋,其余两进房屋都租给联大学生。我和王道乾同住一屋,他当时正在读蓝波的诗,写波特莱尔式的小散文,用粉笔到处画着普希金的侧面头像,把宝珠梨切成小块用线穿成一串喂养果蝇。后来到了法国,在法国入了党,成了专译马克思主义文艺理论的翻译家。他的转折,我一直不了解。若园巷的房客还有何炳棣、吴讷孙,他们现在都在美国,是美籍华人了,一个是历史学家,一个是美学和美术史专家。有一年春节,吴讷孙写了一副春联,贴在大门上:

人斗南唐金叶子
街飞北宋闹蛾儿

这副对联很有点富贵气,字也写得很好。闹蛾儿自然是没有的,昆明过年也只是放鞭炮。"金叶子"是指扑克牌。联大师生打桥牌成风,这位 Nelson 先生就是一个桥牌迷。吴讷孙写了一本反映联大生活的长篇小说《未央歌》,在台湾多次再版。一九八七年我在美国见到他,他送了我一本。

若园巷二号院里有一棵很大的缅桂花(即白兰花)树,枝叶繁茂,坐在屋里,人面一绿。花时,香出巷外。房东老太太隔两三天就搭了短梯,叫那个女孩子爬上去,摘下很多半开的花苞,裹在绿叶里,拿到花市上去卖。她怕我们乱摘她的花,就主动用白瓷盘码了一盘花,洒一点清水,给各屋送去。这些缅桂花,我们大都转送了出去。曾给萧珊、王树藏送了两次。今萧珊、树藏都已去世多年,思之怅怅。

我们这次到昆明,当天就要到玉溪去,哪里也顾不上去看看,只和冯牧陪凌力去找了找逼死坡。路,我还认得,从青莲街上去,拐个弯就是。一九三九年,我到昆明考大学,在青莲街的同济大学附中寄住过。青莲街是一个相当陡的坡,原来铺的是麻石板;急雨时雨水从五华山奔泻而下,经陡坡注入翠湖,水流石上,哗哗作响,很有气势。现在改成了沥青路面。昆明城里再找一条麻石板路,大概没有了。逼死坡还是那样。路边立有一碑:"明永历帝殉国处",我记得以前是没有的,大概是后来立的。凌力将写南明历史,自然要来看看遗迹。我无感触,只想起坡下原来有一家铺子卖核桃糖,装在一个玻璃匣子里,很好吃,也很便宜。

我们一行的目标是滇西,原以为回昆明后可以到处走走,不想到了玉溪第二天就崴了脚,脚上敷了草药,缠了绷带,拄杖跛行了瑞丽、芒市、保山等地,人很累了。脚伤未愈,来访客人又多,懒得行动。翠湖近在咫尺,也没有进去,只在宾馆门前,眺望了几回。

即目可见的风景,一是湖中的多孔石桥,一是近西岸的圆圆的小岛。

这座桥架在纵贯翠湖的通路上,是我们往来市区必经的。我在昆明七年,在这座桥上走过多少次,真是无法计算了。我记得这条道路的两侧原来是有很高大的柳树的。人行路上,柳条拂肩,溶溶柳色,似乎透入体内。我诗中所说"长堤柳色浓如许",主要即指的是这条通路上的垂柳。柳树是有的,但是似乎矮小,也稀疏,想来是重栽的了。

那座圆形的小岛,实是个半岛,对面是有小径通到陆上的。我曾在一个月夜和两个女同学到岛上去玩。岛上别无景点,平常极少游客,夜间更是阒无一人,十分安静。不料幽赏未已,来了一队警备司令部的巡逻兵,一个班长,把我们骂了一顿:"半夜三更,你们到这里来整哪样?你们呐校长,就是这样教育你们呐!"语气非常粗野。这不但是煞风景,而且身为男子,受到这样的侮辱,却还不出一句话来,实在是窝囊。我送她们回南院(女生宿舍),一路沉默。这两个女学生现在大概都已经当了祖母,她们大概已经不记得那晚上的事了。隔岸看小岛,杂树蓊郁,还似当年。

本想陪凌力去看看莲花池,传说这是陈圆圆自沉的地方。凌力要到图书馆去抄资料,听说莲花池已经没有水(一说有水,但很小),我就没有单独去的兴致。

《滇池》编辑部的三位同志来看我,再三问我想到哪里看看,我说脚疼,哪里也不想去。他们最后建议:有一个花鸟市场,不远,乘车去,一会儿就到,去看看。盛情难却,去了。看了出售的花、鸟、猫、松鼠、小猴子、新旧银器……我问:"这条街原来是什么街?"——"甬道街。"甬道街!我太熟了,我告诉他们,这里原来有一家馆子,鸡圳做得很好,昆明人想吃鸡圳,都上这家来。这家饭馆还有个特点,用大锅熬了一锅苦菜汤,苦菜汤是不收钱的,可以用大碗自己去舀。现在已经看不出痕迹了。

甬道街的隔壁,是文明街,过去都叫"文明新街"。一眼就看出来,两边的店铺都是两层楼木结构,楼上临街是栏杆,里面是隔扇。这些房子竟还没有坏!文明街是卖旧货的地方。街两边都是旧货摊。一到晚上,点了电石灯,满街都是电石臭气。什么旧货都有,玛瑙翡翠、铜佛瓷瓶、破铜烂铁。沿街流览,蹲下来挑选问价,也是个乐趣。我们有个同班的四川同学,姓李,家里寄来一件棉袍,他从邮局取出来,拆开包裹线,到了文明街,把棉袍搭在胳膊上:"哪个要这件棉袍!"当时就卖掉了,伙同几个同学,吃喝了一顿。街右有几家旧书店,收售中外古今旧书。联大学生常来光顾,买书,也卖书。最吃香的是工具书。有一个同学,发现一家旧书店收购《辞源》的收价,比定价要高不少。出街口往西不远,就是商务印书馆。这位老兄于是到商务印书馆以原价买出一套崭新的《辞源》，拿到旧书店卖掉。文明街有三家瓷器店，都是桐城人开的。昆明的操瓷器业者多为桐城帮。朱德熙的丈人家所开的瓷器店即在街的南头。德熙婚后，我常随他到他丈人家去玩，和孔敬（德熙的夫人）到后面仓库里去挑好玩的小酒壶、小花瓶。桐城人请客，每个菜都带汤，谓之"水碗"，桐城人说："我们吃菜，就是这样汤汤水水的。"美国在广岛扔了原子弹后，一天，有两个美国兵来买瓷器，德熙伏在柜台上和他们谈了一会儿。这两个美国兵一定很奇怪：瓷器店里怎么会有一个能说英语的伙计，而且还懂原子物理！

过文明街为文庙西街，再西，即为正义路。这条路我走过多次，现在也还认得出来。

我十九岁到昆明，今年七十一岁，说游踪五十年，是不错的。但我这次并没有去寻觅。朋友建议我到民强巷和若园巷看看，已经到了跟前，不知道为什么，我不怎么想去。

昆明我还是要来的！昆明是可依恋的。当然，可依恋的不只是五十年前的旧迹。

记住：下次再到云南，不要崴脚！

一九九一年五月十一日，北京

白马庙

我教的中学从观音寺迁到白马庙,我在白马庙住过一年。白马庙没有庙。这是由篆塘到大观楼之间一个镇子。我们住的房子形状很特别,像是卡通电影上画的房子,我们就叫它卡通房子。前几年日本飞机常来轰炸,有钱的人多在近郊盖了房子,躲警报。这二年日本飞机不来了,这些房子都空了下来,学校就租了当教员宿舍。这些房子的设计都有点别出心裁,而以我们住的卡通房子最显眼,老远就看得见。

卡通房子门前有一条土路,通到马路。三面都是农田,不挨人家。我上课之余,除了在屋里看看书,常常伏在窗台上看农民种田。看插秧,看两个人用一个戽斗戽水。看一个十五六岁的孩子用一个长柄的锄头挖地。这个孩子挖几锄头就要停一停,唱一句歌。他的歌有音无字,只有一句,但是很好听。长日悠悠,一片安静。我那时正在读《庄子》。在这样的环境中读《庄子》,真是太合适了。

这样的不挨人家的"独立家屋"有一点不好,是招小偷。曾有小偷光顾过一次。发觉之后,几位教员拿了棍棒到处搜索,闹腾了一阵,无所得。我和松卿有一次到城里看电影,晚上回来,快到大门时,从路旁沟里蹿出一条黑影,跑了。是一个俟机翻墙行窃的小偷。

小偷不少,教导主任老杨曾当美军译员,穿了一条美军将军呢的毛料裤子,晚上睡觉,盖在被窝上压脚。那天闹小偷。他醒来,拧开电灯看看,将军呢裤子没了。他翻了个身,接茬儿睡他的觉。我们那时都是这样,得、失无所谓,而可失之物亦不多,只要不是真的赤条条来去无牵挂,怎么着也能混得过去。——这位老兄从美军复员,领到一笔复员费,崭新的票子放在夹克上衣口袋里,打了一夜沙蟹,几乎全部输光。

学校的教员有的在校内住,也有住在城里,到这里来兼课的。坐马车来,很方便。朱德熙有一次下了马车,被马咬了一口!咬在胸脯上,胸上落了马的牙印,衣服却没有破。

镇上有一个卖油盐酱醋香烟火柴的杂货铺,一家猪肉案子,还有一个做饵块的作坊。我去看过工人做饵块,小枕头大的那么一坨,不知道怎么竟能蒸熟。

饵块作坊门前有一道砖桥,可以通到河南边。桥南是菜地,我们随时可以吃到刚拔起来的新鲜蔬菜。临河有一家茶馆，茶客不少。靠窗而坐，可以看见河里的船，船上的人，风景很好。

使我惊奇的是东壁粉墙上画了一壁茶花，画得满满的。墨线勾边，涂了很重的颜色，大红花，鲜绿的叶子，画得很工整，花、叶多对称，很天真可爱。这显然不是文人画。我问冲茶的堂倌："这画是谁画的？"——"哑巴。——他就爱画，哪样上头都画，他画又不要钱，自己贴颜色，就叫他画吧！"

过两天，我看见一个挑粪的，粪桶是新的，粪桶近桶口处画了一周遭串枝莲，墨线勾成，笔如铁线，匀匀净净。不用问，这又是那个哑巴画的。粪桶上描花，真是少见。

听说哑巴岁数不大，二十来岁。他没有跟谁学过，就是自己画。

我记得白马庙，主要就是因为这里有一个画画的哑巴。

沽　源

　　沙岭子农业科学研究所派我到沽源的马铃薯研究站去画马铃薯图谱。我从张家口一清早坐上长途汽车,近晌午时到沽源县城。

　　沽源原是一个军台。军台是清代在新疆和蒙古西北两路专为传递军报和文书而设置的邮驿。官员犯了罪,就会被皇上命令"发往军台效力"。我对清代官制不熟悉,不知道什么品级的官员,犯了什么样的罪名,就会受到这种处分,但总是很严厉的处分,和一般的贬谪不同。然而据龚定庵说,发往军台效力的官员并不到任,只是住在张家口,花钱雇人去代为效力。我这回来,是来画画的,不是来看驿站送情报的,但也可以说是"效力"来了,我后来在带来的一本《梦溪笔谈》的扉页上画了一方图章:"效力军台",这只是跟自己开开玩笑而已,并无很深的感触。我戴了右派分子的帽子,只身到塞外——这地方在外长城北侧,可真正是"塞外"了——来画山药(这一带人都把马铃薯叫作"山药"),想想也怪有意思。

沽源在清代一度曾叫"独石口厅"。龚定庵说他"北行不过独石口",在他看来,这是很北的地方了。这地方冬天很冷。经常到口外揽工的人说:"冷不过独石口。"据说去年下了一场大雪,西门外的积雪和城墙一般高。我看了看城墙,这城墙也实在太矮了点,像我这样的个子,一伸手就能摸到城墙顶了。不过话说回来,一人多高的雪,真够大的。

这城真够小的。城里只有一条大街。从南门慢慢地溜达着,不到十分钟就出北门了。北门外一边是一片草地,有人在套马;一边是一个水塘,有一群野鸭子自自在在地浮游。城门口游着野鸭子,城中安静可知。城里大街两侧隔不远种一棵树——杨树,都用土墼围了高高的一圈,为的是怕牛羊啃吃,也为了遮风,但都极瘦弱,不一定能活。在一处墙角竟发现了几丛波斯菊,这使我大为惊异了。波斯菊昆明是很常见的。每到夏秋之际,总是开出很多浅紫色的花。波斯菊花瓣单薄,叶细碎如小茴香,茎细长,微风吹拂,姗姗可爱。我原以为这种花只宜在土肥雨足的昆明生长,没想到它在这少雨多风的绝塞孤城也活下来了。当然,花小了,更单薄了,叶子稀疏了,它,伶仃萧瑟了。虽则是伶仃萧瑟,它还是竭力地放出浅紫浅紫的花来,为这座绝塞孤城增加了一分颜色,一点生气。

谢谢你,波斯菊!

我坐了牛车到研究站去。人说世间"三大慢":等人、钓鱼、坐牛车。这种车实在太原始了,车轱辘是两个木头饼子,本地人就叫它"二饼子车"。真叫一个慢。好在我没有什么急事,就躺着看看蓝天;看看平如案板一样的大地——这真是"大地",大得无边无沿。

我在这里的日子真是逍遥自在之极。既不开会,也不学习,也没人领导我。就我自己,每天一早踏着露水,掐两丛马铃薯的花,两把叶子,插在玻璃杯里,对着它一笔一笔地画。上午画花,下午画叶子——花到下午就蔫了。到马铃薯陆续成熟时,就画薯块,画完了,就把薯块放到牛粪火里烤熟了,吃掉。我大概吃过几十种不同样的马铃薯。据我的品评,以"男爵"为最大,大的一个可达两斤;以"紫土豆"味道最佳,皮色深紫,薯肉黄如蒸栗,味道也似蒸栗;有一种马铃薯可当水果生吃,很甜,只是太小,比一个鸡蛋大不了多少。

沽源盛产莜麦。那一年在这里开全国性的马铃薯学术讨论会,与会专家提出吃一次莜面。研究站从一个叫"四家子"的地方买来坝上最好的莜面,比白面还细,还白;请来几位出名的做莜面的媳妇来做。做出了十几种花样,除了"搓窝窝"、"搓鱼鱼"、"猫耳朵",还有最常见的"压饸饹",其余的我都叫不出名堂。蘸莜面的汤汁也极精彩,羊肉口蘑溹（这个字我始终不知道怎么写）子。这一顿莜面吃得我终生难忘。

夜雨初晴，草原发亮，空气闷闷的，这是出蘑菇的时候。我们去采蘑菇。一两个小时，可以采一网兜。回来，用线穿好，晾在房檐下。蘑菇采得，马上就得晾，否则极易生蛆。口蘑干了才有香味，鲜口蘑并不好吃，不知是什么道理。我曾经采到一个白蘑。一般蘑菇都是"黑片蘑"，菌盖是白的，菌褶是紫黑色的。白蘑则菌盖菌褶都是雪白的，是很珍贵的，不易遇到。年底探亲，我把这只亲手采的白蘑带到北京，一个白蘑做了一碗汤，孩子们喝了，都说比鸡汤还鲜。

一天，一个干部骑马来办事，他把马拴在办公室前的柱子上。我走过去看看这匹马，是一匹枣红马，膘头很好，鞍鞯很整齐。我忽然意动，把马解下来，跨了上去。本想走一小圈就下来，没想到这平平的细沙地上骑马是那样舒服。于是一抖缰绳，让马快跑起来。这马很稳，我原来难免的一点畏怯消失了，只觉得非常痛快。我十几岁时在昆明骑过马，不想人到中年，忽然作此豪举，是可一记。这以后，我再也没有骑过马。

有一次，我一个人走出去，走得很远。忽然变天了，天一下子黑了下来，云头在天上翻滚，堆着，挤着，绞着，拧着。闪电熠熠，不时把云层照透。雷声訇訇，接连不断，声音不大,不是劈雷,但是浑厚沉雄,威力无边。我仰天看看凶恶奇怪的云头,觉得这真是天神发怒了。我感觉到一种从未体验过的恐惧。我一个人站在广漠无垠的大草原上,觉得自己非常的小,小得只有一点。

我快步往回走。刚到研究站,大雨下来了,还夹有雹子。雨住了,却又是一个很蓝很蓝的天,阳光灿烂。草原的天气,真是变化莫测。

天凉了,我没有带换季的衣裳,就离开了沽源。剩下一些没有来得及画的薯块,是带回沙岭子完成的。

我这辈子大概不会再有机会到沽源去了。

初访福建

漳 州

漳州多三角梅。我们所住的漳州宾馆内到处都是。栽在路边大石盆里,种在花圃里。三角梅别处也有。云南谓之叶子花,因为花与叶形状无殊,只是颜色不同。昆明全种之墙头。楚雄叶子花有一层楼那样高,鲜丽夺目,但只有紫色的一种。漳州三角梅则有很多种颜色,除了紫的,有大红的、桃红的、浅红的,还有紫铜色的。紫铜色的花我还没有见过。有白色的,微带浅绿。三角梅花形不大好看,但是蓬勃旺盛,热热闹闹。这种花好像是不凋谢的。我没有看到枝头有枯败的花,地下也没有落瓣。

到处都是卖水仙花的。店铺中装在纸箱里成箱出售,标明二十粒、三十粒,谓一箱装二十头、三十头也。二十粒者是上品。胜利路、延安北路人行道上摆了一溜水仙花头,装在花篮状的竹篓里。卖水仙的多是小姑娘。天很晚了,她们提着空篓,有的篓里还有几个没有卖掉的花头,结伴归去。她们一天能卖多少钱?

一个修钟表的小店当门的桌边放了两小盆水仙。修表的是一个年轻人。两盆水仙开得很好,已经冒出好几个花骨朵儿。修表的桌边放两盆水仙,很合适。

参观漳州八宝印泥厂。印泥是朱砂和蓖麻油调制的(加了少量金箔、朱粉、冰片),而其底料则为艾绒。漳州出艾绒。浙江、上海等地的印泥厂每年都要到漳州来买艾绒。漳州出印泥,跟出艾绒有关。印泥厂备好纸墨,请写字留念。纸很好,六尺夹宣。写了几句顺口溜:"天外霞,石榴花,古艳流千载,清芬入万家。"漳州八宝印泥颜色很正,很像石榴花。

凡到漳州者总要去看看百花村,因为很近便。百花村所培植的主要是榕树盆景。榕树是不材之材,不能做梁柱、打家具,烧火也不燃,却是制作盆景的极好材料。榕树盆景较大,不能置之客厅书室,但是公园、宾馆、大会堂、大餐厅,则只有这样大的盆景才相称,因此行销各地,"创汇"颇多。榕树盆景并不是栽到盆子里就算完事,须经相材、取势、锯截、修整,方能欹侧横斜,偃仰矫矢,这也是一门学问。百花村有一个兰圃,种建兰甚多,可惜我们去时管理员不在,门锁着,未能参观。

木棉庵在漳州市外。这个地方的出名,是因为贾似道是在这里被杀的。贾似道是历史上少见的专权误国、荒唐透顶的奸相。元军沿江南下，他被迫出兵，在鲁港大败，不久被革职放逐，至漳州木棉庵为押送人郑虎臣所杀。今木棉庵外土坡上立有石碑两通，大字深刻"郑虎臣诛贾似道于此"，两碑文字一样。贾似道被放逐，是从什么地方起解的呢？为什么走了这条路线？原本是要把他押到什么地方去的呢？郑虎臣为什么选了这么个地方诛了贾似道？郑虎臣的下落如何？他事后向上边复命了没有？按说一个押送人是没有权力把一个犯罪的大臣私自杀了的，尽管郑虎臣说他是"为天下诛贾似道"。想来南宋末年乱得一塌糊涂，没有人追究这件事，也就不了了之了。贾似道下场如此，在"太师"级的大员里是少见的。土坡后有一小庵，当是后建的，但还叫作木棉庵。庵中香火冷落，壁上有当代人题歪诗一首。

云　霄

云霄是果乡。到下畈山上看了看，遍山是果树：芦柑、荔枝、枇杷。枇杷树根大，树冠开张如伞盖，着花极繁。我没有见过枇杷树开这样多的花。明年结果，会是怎样一个奇观？一个承包山头的果农新摘了一篮芦柑，看见县委书记，交谈了几句，把一篮芦柑全倒在我们的汽车里了。在车上剥开新摘芦柑,吃了一路。芦柑瓣大,味甜,无渣。

云霄出蜜柚,因为产量少,不外销,外地人知道的不多。蜜柚甜而多汁,如其名。

在云霄吃海鲜,难忘。除了闽南到处都有的"蚝煎"——海蛎子裹鸡蛋油煎之外,有西施舌、泥蚶。西施舌细嫩无比。我吃海鲜,总觉得味道过于浓重,西施舌则味极鲜而汤极清,极爽口。泥蚶亦名血蚶,肉玉红色,极嫩。张岱谓不施油盐而五味俱足者唯蟹与蚶,他所吃的不知是不是泥蚶。我吃泥蚶,正是不加任何作料,剥开壳就进嘴的。我吃菜不多,每样只是夹几块尝尝味道,吃泥蚶则胃口大开,一大盘泥蚶叫我一个人吃了一小半,面前蚶壳堆成一座小丘,意犹未尽。吃泥蚶,饮热黄酒,人生难得。举杯敬谢主人,曰:"这才叫海味!"

云霄出矿泉水。矿泉水,深井水耳。有一位南京大学的水文专家,看了看将军山的地形,说:"这样的地形,下面肯定有矿泉水。"凿井深至一千四百米,水出。矿泉水是高级饮料,现已在中国流行,时髦青年皆以饮矿泉水为"有分"。

东　山

听说东山的海滩是全国最大的海滩。果然很大。砂是硅砂，晶莹洁白。冬天，海滩上没有人。接待游客的旅馆、卖旅游纪念品的铺子、冷饮小店、更衣的棚屋，都锁着门。冬天的海滩显得很荒凉。问我有什么印象，只能说：我到过全国最大的海滩了。我对海没有记忆，因此也不易有感情。

东山城上有风动石。一块很大的浑圆的石头，上负一块很大的石头蛋。有大风，上面的石头能动。有个小伙子奔上去，仰卧，双脚蹬石头蛋，果然能动。这两块石头摞在一起，不知有多少年了。这是大自然的游戏。

厦　门

庙总要有些古。南普陀几乎是一座全新的庙。到处都是金碧辉煌。屋檐石柱、彩画油漆、香炉烛台、幡幢供果，都像是新的。佛像大概是新装了金，锃亮锃亮。

大雄宝殿里，百余僧众在做功课。他们的黄色袈裟也都很新，折线分明。一个年轻的和尚敲木鱼以齐节奏。木鱼槌颇大。他敲得很有技巧，利用木鱼槌反弹的力量连续地敲着。这样连续地敲很久，腕臂得有点功夫。节奏是快板——有板无眼：卜、卜、卜、卜……这个年轻和尚相貌清秀，样子极聪明。我觉得他会升成和尚里的干部的。

到后山逛了一圈，回到大殿外面，诵佛的节奏变成了原板——一板一眼：卜——卜——卜……

往鼓浪屿访舒婷。舒婷家在一山坡上，是一座石筑的楼房。看起来很舒服，但并不宽敞。她上有公婆，下有幼子，她需要料理家务，有客人来，还要下厨做饭。她住的地方，鼓浪屿，名声在外，一定时常有些省内外作家，不速而来，像我们几个，来吃她一顿菜包春卷。她的书房不大，满壁图书，她和爱人写字的桌子却只是两张并排放着的小三屉桌，于是经常发生彼此的稿纸越界的纠纷。我看这两张小三屉桌，不禁想起弗吉尼亚·伍尔芙的《一间自己的屋子》。舒婷在这样的条件下还能写得出朦胧诗么？听说她的诗要变，会变成什么样子？

有人为铁凝、王安忆失去早期作品的优美而惋惜。无可奈何花落去，谁也没有办法。

福　州

鼓山顶有大石如鼓，故名。或云有大风雨则发出鼓声，恐是附会。山在福州市东，汽车可以一直开到涌泉寺山门，往返甚便，故游人多。福州附近山都不大，鼓山算是大山了。山不雄而甚秀，树虽古而仍荣，滋滋润润，郁郁葱葱。福州之山，与他处不同。

涌泉寺始建于唐代，是座古刹了，但现在殿宇精整，想是经过几次重建了。涌泉寺不像南普陀那样华丽,但是规模很大,有气派。大殿很高,只供三世佛。十八罗汉则分坐在殿外两边的廊子上,一边九位。这种布局我在别处庙里还没有见过。

寺里和尚很多,大都很年轻,十八九岁。这里的和尚穿了一种特别的僧鞋,黑灯芯绒鞋面,有鼻,厚胶皮底,看来很结实,也很舒服。一个小和尚发现我在看他的鞋,说:"这种鞋很贵,比社会上的鞋要贵得多。"他用的这个词很有意思:"社会上的"。这大概是寺庙中特有的用词。这个小和尚会说普通话。

涌泉寺有几口大锅,据说能供一千人吃饭,凡到寺的香客游人都要去看一看。锅大而深,为铜铁合铸,表面漆黑光滑,如涂了油。这样大的锅如何能把饭煮熟?

寺东山上多摩崖石刻。有蔡襄大字题名两处。一处题蔡襄;一处与苏才翁辈同来,则书"蔡君谟"。题名称字,或是一时风气。蔡襄登鼓山,大概有两次,一次与苏才翁等同来,一次是自来。蔡襄至和三年以枢密直学士知福州,登鼓山或当在此时。然襄是仙游人,到福州甚近便,是否至和间登鼓山,也不能肯定。我很喜欢蔡襄的字。有人以为"宋四家"(苏黄米蔡),实应以蔡为首。这两处题名,字大如斗,端重沉着,与三希堂所刻诸帖的行书不相似。盖摩崖题名别是一体。

西禅寺是新盖的,还没有最后完工,正在进行扫尾工程,石匠在敲錾石板石柱,但已经提前使用,和尚开始工作了。一家在追荐亡灵。八个和尚敲着木鱼铙钹,念着经,走着,走得很快。到一个偏殿里,分两边站下,继续敲打唱念,节奏仍然很快,好像要草草了事的样子。两个妇女在殿外,从一个相框里取出一张八寸放大照片,照片上是个中年男人,放进铁炉的火里焚化了。这两个妇女当然是死者的亲属,但看不出是什么关系。她们既没有跪拜,也没有悲泣,脸上是严肃的,但也有些平淡。焚化照片,祈求亡灵升天,此风为别处所未见,大概是华侨兴出来的。但兴起得不会太早,总在有了照相术以后。

后殿有一家在还愿。当初许的愿我也没听说过:三天三夜香烛不断。一个大红的绸制横标上缀着这样的金字。也没有人念经,只是香烟袅绕,烛光烨烨。

寺北正在建造一座宝塔,十三层,快要完工了,已经在封顶。这是座钢筋水泥结构的塔。看看这座用现代材料建成的灰白色的塔(塔尚未装饰,装饰后会是彩色的),不知人间何世。

寺、塔,都是华侨捐资所建。

福建人食不厌精,福州尤甚。鱼丸、肉丸、牛肉丸皆如小桂圆大,不是用刀斩剁,而是用棒捶之如泥制成的。入口不觉有纤维,极细,而有弹性。鱼饺的皮是用鱼肉捶成的。用纯精瘦肉加茹粉以木槌捶至如纸薄,以包馄饨(福州叫作"扁肉"),谓之燕皮。街巷的小铺小摊卖各种小吃。我们去一家吃了一"套"风味小吃,十道,每道一小碗带汤的,一小碟各样蒸的炸的点心,计二十样矣。吃了一个荸荠大的小包子,我忽然想起东北人。应该请东北人吃一顿这样的小吃。东北人太应该了解一下这种难以想象的饮食文化了。当然,我也建议福州人去吃吃李连贵大饼。

武夷山

武夷山的好处是景点集中。范围不算大,处处有景,在任何地方,从任何角度,都有可看的,不似有些风景区,走半天,才有一处可看,其余各处皆平平。山水对人都很亲切,很和善,迎面走来,似欲与人相就,欲把臂,欲款语,不高傲,不冷漠,不严峻。武夷属低山,游程"有惊无险"。自山麓至天游峰皆石级,走起来不累。我已经近七十,上天游峰不感到心脏有负担。

玉女峰亭亭而立,大王峰虎虎而蹲。晒布岩直挂而下,石色微红,寸草不生,壮观而耐看。天游是绝顶,一览众山,使人有出尘之想。

武夷的好处是有山有水。九曲溪是天造奇境。溪随山宛曲，水极清，溪底皆黑色大卵石。现在是枯水期，水浅，竹筏与卵石相摩，格格有声。坐在筏上，左顾右盼，应接不暇。

悬棺不知是何代物。那时候的人是用什么办法把棺材弄到这样无路可通的悬崖绝壁的山洞里的？为什么要把死人葬在这样高的地方？这是无法解释的谜。

水帘洞不是像《西游记》所写的那样洞口有瀑布悬挂如帘，而是从峭壁上挂下一条很长的草绳，山上水沿草绳流注，被风吹散，如烟如雾，飘飘忽忽，如一片透明的薄帘。水帘洞下有田地人家，种植炊煮，皆赖山水。泉下有茶馆，有人在饮茶。

天车是一列巨大的木制绞车，因为嵌置在峭壁极高处的山缝间，如在天上，当地人谓之"天车"。据传，太平天国时有财主数姓，避乱入岩洞中，设此天车，把财物和食物绞上去，在洞中藏匿甚久，太平天国军仰攻之，竟不得上。峭壁有碑记其事。这块碑的措词很尴尬，当然要说太平天国是革命的，地主是反动的，但是游人仰看天车，则只有为天车感到惊奇，碑文想发一点感慨，可不知说什么好。

武夷山是道教山，入山处原有武夷宫，已毁，现在正在重建，结构存其旧制，而规模较小。看了檐口的大斗拱，知道这是宋式建筑。宫前有两棵桂花树，云是当年所植，数百年物也。宫外有荣观，亦宋式。

我们所住的银河饭店门前是崇安溪；屋后亦有小溪，溪水小有落差，入夜水声淙淙不绝。现在是旅游淡季，整个旅馆只住了我们五个人。经理为我们的饭菜颇费张罗，有炒新鲜冬笋，有武夷山的山珍石鳞，即石鸡，山间所产的大蛙也，有狗肉，有蛇汤。临行，经理嘱写字留念，写了一副对联："四周山色临窗秀，一夜溪声入梦清。"

初识楠溪江

楠溪江在浙江温州永嘉县。永嘉的出名是因为谢灵运。谢灵运曾为永嘉太守,于永嘉山水,游历殆遍。谢灵运是中国山水诗的鼻祖,那么永嘉可以说是山水诗的摇篮,永嘉山水之美可以想见。永嘉山水之美在楠溪江。然而世人知永嘉,知楠溪江者甚少。楠溪江一九八八年经国务院批准为国家级风景名胜区。全国列入国家级风景区者共四十二处,楠溪江是其中之一。然而楠溪江之名犹不彰,养在深闺人未识。

我们应温州市、永嘉县之邀,到永嘉去了一趟。游楠溪江,实只三天。匆匆半面,很难得其仿佛。但是我可以负责地向全世界宣告:楠溪江是很美的。

九级瀑

九级瀑在大若岩景区。大若岩旧写作大箬岩,"箬"

不知道什么时候省写成"若",我觉得还是恢复原字为好,何必省去不多的笔画呢。箬是矮棵的竹子,叶片甚大,可以包粽子,衬斗笠。我在井冈山看到过这种箬竹,很好看的。既名为大箬岩,可以有意识地多种一点这种竹子。

九级瀑不像黄果树和镜泊湖瀑布,以其雄壮宏伟慑人心魄;不像大龙湫一样因为飞流直下三千尺而使人目眩。九级瀑之奇,奇在瀑有九级。我在云南腾冲看过"三跌水",瀑水三叠,已经叹为观止。像这样九级瀑布,实为平生所未见。九级瀑不是一瀑九级,是九条瀑布。九瀑源流,当是一脉,但是一瀑一形,一瀑一景,段落分明,自成首尾。在二三公里、一二小时的游程中,能连续看到九瀑,全世界大概再也找不出来。

九级瀑景点还没有定名。导游的同志希望作家起个名字,永嘉籍作家陈惠方征求我的意见,我想了想,说:"就叫'九叠飞漈'吧。"本地人把瀑布叫作"漈"。"漈"字一般字典上没有,但是朱自清先生的《白水漈》一文中已经用过这个字。用"漈",有点地方特点。温州籍作家林斤澜稍一沉吟,说:"挺好。"有人提出为每个漈取个名字,我和斤澜商量了一下,觉得以漈形取名,把游客的想象框死了,不如就照本地习惯,叫作"一漈"、"二漈"、"三漈"……斤澜深以为然。下山吃饭的时候,旁边的桌上已经摆好了宣纸笔墨,叫把这四个字写下来。横竖各写了一条。

作九漈歌：

漈水来天上，
依山为九叠。
源流一脉通，
风景各异域。
或如匹练垂，
万古流日夕。
或分如燕尾，
左右各一撇。
或轻如雾縠，
随风自摇曳。
或泻入深潭，
潭水湛然碧。
或落石坝上，
淘然喷玉屑。
或藏岩隙中，
窅如云中月。
信哉永嘉美，
九漈皆奇绝。

出九级瀑，右折，为陶公洞，传是陶弘景隐居著书处。

陶弘景是中国道教史上的一个重要人物。他的思想很复杂，其源出于老庄，又受葛洪的神仙道教影响。他本是读书人，是儒家，做过官，仕齐拜左卫殿中将军，入梁，隐居不仕。他又吸取了佛教的某些观点。从他身上可以看出儒、释、道思想的互相渗透。他是药物学家，所著《本草经集注》收药物七百三十种。他是书法家，擅长草隶行书。他还是个诗人。他的《诏问山中何所有赋诗以答》是中国诗歌史上杰出的名篇：

> 山中何所有？
> 岭上多白云。
> 只可自怡悦，
> 不堪持赠君。

这四句诗毫无齐梁诗的绮靡习气，实开初唐五言绝句的先河，一个人一生留下这样四句诗，也就可以不朽了。

陶公洞是个可以引人低回向往的地方。陶弘景是值得纪念的人物，陶公洞内部应该收拾得更像样一些。现在洞里的情形实在不大好，有点乌烟瘴气。

永恒的船桅

石桅岩在鹤盛乡下岙村北。

下汽车,沿卵石路往下,上船。水不深,很平静,很清,而颜色绿如碧玉。夹岸皆削壁,回环曲折。群峰倒影映入水中,毫发不爽。船行影上,倒影稍稍晃动。船过后,即又平静无痕。是为"小三峡"。有人以为"小三峡"这个名字不好,叫作"小三峡"的地方太多了,而且也不像三峡。提出改一个名字。中国的"小三峡"确实不少,都不怎么像。"小三峡"嘛,哪能跟三峡一样呢,有那么一点三峡的意思就行了。一定要改一个名字,可以叫作"三峡小样"。但我看可以不必费那个事。"小三峡",挺好,大家已经叫惯了。

小三峡两边山上树木葱茏,无隙处。偶见红树,鲜红鲜红,不是枫树,也不是乌桕,问问本地人,说这是野漆树。

我们坐的船,轻轻巧巧,一头尖翘。问林斤澜:"这也是舴艋舟么?"斤澜说:"也算。"幼年读李清照词:"闻说双溪春尚好,也拟泛轻舟。只恐双溪舴艋舟,载不动许多愁",以为"舴艋"只是个比喻。斤澜小说中也提到舴艋舟,我以为是承袭了李清照的词句。没想到这是一个实体,永嘉把这种船就叫作舴艋舟。一般的舴艋舟比我们所坐的要小得多，只能容三四人（我们的船能坐二十人），样子很像蚱蜢。永嘉人所说的蚱蜢是尖头，绿色鞘翅，鞘翅下有桃红色膜翅的那一种，北京人把这种蚱蜢叫作"挂大扁儿"。我以为可以选一处舴艋舟较多的水边立一块不很大的石碑，把李清照的这首《武陵春》刻在上面（李清照曾流寓温州，可能到过永嘉）。字最好请一个女书法家来写，能填词的更好。

出小三峡，走一段卵石纵横的路（实是在卵石滩上踏出一条似有若无的路），又遇一片水，渡水至岸，有钢梯，蹑梯而上，至水仙洞。稍憩，出洞沿石级至峰顶。峰顶有野树一株，向内欹偃，极似盆景。树干不粗，而甚遒劲，树根深深扎进岩石中，真可谓"咬定青山"。迈过这棵大盆景，抚树一望，对面诸峰，争先恐后，奔奔沓沓，皆来相就。

首当其冲的山峰，状如巨兽，曰"麒麟送子"。或以为"麒麟送子"，名不雅驯，拟改之为"驼峰"，以其形状更像一头奔跑而来的骆驼，我觉得也不必。天下山峰似骆驼而名为驼峰者多矣。山名与其求其形似，不如求其神似。"麒麟送子"好处在一"送"字。

沿石级而下，复至水仙洞略坐。洞不很大，可容二三十人。洞之末端渐狭小，有一个歪歪斜斜的铁烛架，算是敬奉水仙之处了。

据传，水仙是一少女，生前为人施药治病，后仙去，乡人为纪念她，名此洞曰水仙洞。水仙洞不在水边，却在山顶。既在山顶，仍叫水仙。这是很有意思的。

我建议把水仙洞稍稍整治一下，在洞之末端凿出一个拱顶的小龛，内供水仙像。水仙像可向福建德化订制，白瓷，如"滴水观音"瓷像那样，形貌亦可略似观音，亦可持瓶滴水，但宜风鬟雾鬓，萧萧飒飒，不似观音那样庄肃。像不必大，二三尺即可。

作《水仙洞歌》：

> 往寻水仙洞。
> 却在山之巅。
> 想是仙人慕虚静，
> 幽居不欲近人寰。
> 朝出白云漫浩浩，
> 暮归星月已皎然。
> 不识仙人真面目，
> 只闻轻唱秋水篇。

在水仙洞口待渡（船工回家吃饭去了），至对岸，稍左，即石桅岩。"石"与"桅"本不相干，但据说多年来就是这样叫的，是老百姓起的名字。起名字的百姓，有点禅机。听说从某一角度看，是像船桅的，但从我们立足处，看不出，只觉得一尊巨岩，拔地而起。岩是火成花岗岩，岩面浅红色，正似中国山水画里的"浅绛"。岩净高三百零六米，巍然独立。四面诸峰不敢与之比高（诸峰皆只二百米左右），只能退避，但于远处遥望，尽其仰慕惶恐之忱。石桅岩通体皆石，岩顶石隙，亦生草木，远视之，但如毛发瘢痣而已。曾经有小伙子攀到山顶，伐倒几棵大树，没法运下岩，就心生一计，把树解为几段，用力推下。下岩一看，都已摔成碎片。

石桅岩之南，有一片很大的草坪，地极平，草很干净。在高岩乱石之间有这么一片天然草坪，也很奇怪。我们几个上了岁数的，在草坪上野餐了一次（年轻人都爬过后山到农民家去吃饭去了）。煮芋头、炖番薯、炒米粉，红烧山鸡（山里养的鸡），饮农家自制的老酒，陶然醉饱。

作《石桅铭》：

> 石桅停泊，
> 历千万载。
> 阅几沧桑，
> 青颜不改。

传家耕读古村庄

参观苍坡村。楠溪多古村,苍坡是其一。这是一个"宋村"。原名苍墩,绍熙间为避光宗赵惇之讳而改。现在的木结构的寨门建于建炎二年,有志可查。国师李时日题寨门的对联"四壁青山藏虎豹,双池碧水贮蛟龙"至今犹在。苍坡建村,是有一个总体设计的,其构思是:文房四宝。村中有长方形的水池,是砚,池边有长石条,是墨(石条想是为了便于村民憩歇)。石条外有一条横贯全村的笔直的砖街,是笔,——一个村里有这样一条笔直笔直的街,我还从未见过。可以说,这是我所见过的最直的街。整个村子是方的,是为纸。这样的设计,关涉到"风水",无非是希望村里多出达官文人。红卫兵小将如果知道,一定会大骂一声:"封建!"但是整个村却因此而变得整齐爽朗,使人眼目明快。这个村没有遭到红卫兵的破坏,也许就因为风水好。

我见过一些古村民居,比如皖南的黟县。这里的民居设计和黟县大不相同。黟县古民居多是连院、高墙、小天井、小房间、小窗。窗楣雕刻精细,涂朱漆,勾金边,但采光很不好,卧房里黑洞洞的。所有建筑显得很拘谨,很局促。苍坡村的民居多木石结构,木构暴露,多为本色,薄墙充填,屋顶出檐大,显得很自由,很开阔,很豁达。

这反映出两种不同的文化心理。黟县民居反映了商业社会文化。我在黟县一家的堂屋里看到一副木制朱地金字对联，上联是"为官好做商好能守业便好"（下联已忘），黟县民居格局，正与此种守成思想一致。苍坡民居则表现出一种耕读社会的文化。楠溪江畔一些村落宗谱族规都有类似词句："读可荣身，耕可致富。勿游手好闲，自弃取辱。少壮荡废，老悔莫及。"永嘉文风极盛，志称"王右军导以文教，谢康乐继之，乃知向方"。因为长时期的熏陶，永嘉人的文化素质是比较高的。"人生其地者皆慧中而秀外，温文而尔雅。"这种秀外慧中，温文尔雅的风度，到今天，我们还能在楠溪江人身上感受得到。想要了解中国耕读社会文化形态，楠溪江古村，是仍然具有生命力的标本。

楠溪江村外多有路亭。路亭是村民歇脚、纳凉、闲谈、听剧曲道情的地方，形制各异，而皆幽雅舒畅。路亭是楠溪江沿岸风光的很有特点的点缀。

楠溪江村头常有一两棵木芙蓉。永嘉土壤气候于木芙蓉也许特别适宜。我在上塘街边看到一棵芙蓉，主干有大碗口粗，有二层楼高，满树繁花，浅白殷红，衬着巴掌大的绿叶，十分热闹。芙蓉是灌木，永嘉的芙蓉却长成了大树，真是岂有此理！听永嘉人说，永嘉过去种芙蓉，是为了取其树皮打草鞋，现在穿草鞋的少了，芙蓉也种得少了。应该多种。我向永嘉县领导建议,可考虑以芙蓉为永嘉县花。听说温州已定芙蓉为市花,不禁怃然。后到温州,闻温州市花是茶花,不是芙蓉,那么芙蓉定为永嘉县花还是有希望的。但愿我的希望能成为现实。

赞苍坡村:

> 村古民朴,
> 天然不俗,
> 秀外慧中,
> 渔樵耕读。

清清楠溪水

嘉陵江被污染了,漓江被污染了,即武夷山九曲溪也不能幸免,全国唯一的一条真正没有被污染的江,只有楠溪江了。永嘉人呀,你们千万要把楠溪江保护好,为了全国人民的眼睛,拜托了!

楠溪江水质纯净,经化验,符合国家一级水标准。无论在哪里,舀起一杯楠溪水,你可以放心地喝下去,绝不会闹肚子。水是透明的。水中含沙量很少,即使是下了暴雨,江水微浑,过两三天,又复透明如初。透明到一眼可以看到江底。江底卵石,历历可数。江宽而浅。浅处只有一米。偶有深潭,也只有几米。江水平静,流速不大,但很活泼,不呆板。江水下滩,也有浪花,但不汹涌。过滩时竹筏工并不警告乘客"小心"。偶有大块卵石阻碍航路,筏工卷裤过膝,跳进水中,搬开石头,水即畅流,他即一步上筏,继续撑篙,若无其事。他很泰然,你也不必紧张,尽管踏踏实实地在竹椅上坐着。

  乘坐竹筏,在楠溪江上漂上个把小时,真是绝妙的享受。我在武夷山九曲溪坐过竹筏。一来,九曲溪和武夷山互为宾主,人在竹筏上,注意力常在岸上的景点,"仙人晒布"、"石虾蟆"……左顾右盼,应接不暇,不能全心感受九曲溪。二来,九曲溪航程太短,有点像南宋瓦子里的"唱赚",正堪美听,已到煞尾,不过瘾。楠溪江两岸都是滩林。滩林很美,但很谦虚,但将一片绿,迎送往来人,甘心作为楠溪江的陪衬,绝不突出自己。似乎总在对人说:"别看我,看江!"楠溪水程很长,有一百多公里。我们在江上漂了三个小时,如果不是因天黑了,还能再漂一个多小时。真是尽兴。在楠溪竹筏上漂着,你会觉得非常轻松,无忧无虑,一切烦恼委屈油盐柴米,全都抛得远远的。你会不大感觉到自己的体重。大胖子也会感到自己不胖。来吧,到楠溪江上来漂一漂,把你的全身,全心都交给这条温柔美丽的江。来吧,来解脱一次,融化一次,当一回神仙。来吧!来!

作《楠溪之水清》：

> 楠溪之水清，
> 欲濯我无缨。
> 虽则我无缨，
> 亦不负尔清。
> 手持碧玉杓，
> 分江入夜瓶。
> 三年开瓶看，
> 化作青水晶。

一九九一年十一月二十日

四川杂忆

四川是个好地方

四川的气候好,多雾,雾养百谷;土好,不需要怎么施肥。在一块岩石上甩几坨泥巴,硬是能长出一片胡豆。这不是夸张想象,是亲眼所见。我们剧团的一个演员在汽车里看到这奇特情景,招呼大家:"快来看!石头上长蚕豆!"

成 都

在我到过的城市里,成都是最安静,最干净的。在宽平的街上走走,使人觉得很轻松,很自由。成都人的举止言谈都透着悠闲。这种悠闲似乎脱离了时代,以至何其芳在抗日战争时期觉得这和抗战很不协调,写了一首长诗:《成都,让我来把你摇醒》。

成都并不总是似睡不醒的。"文化大革命"中也很折腾了一气。我六十年代初、七十年代、八十年代，都到过成都。最后一次到成都，成都似乎变化不大，但也留下一些"文化大革命"的痕迹。最明显的原来市中心的皇城叫刘结挺、张西挺炸掉了。当时写了一首诗：

> 柳眠花重雨丝丝，
> 劫后成都似旧时。
> 独有皇城今不见，
> 刘张霸业使人思。

武侯祠大概不是杜甫曾到过的武侯祠了，似乎也不见霜皮溜雨、黛色参天的古柏树，但我还是很喜欢现在的武侯祠。武侯祠气象森然，很能表现武侯的气度。这是我所到过的祠堂中最好的。这是一个祠，不是庙，也不是观，没有和尚气、道士气。武侯塑像端肃，面带深思。两廊配享的蜀之文武大臣，武将并不剑拔弩张，故作威猛，文臣也不那么飘逸有神仙气，只是一些公忠谨慎的国之干城，一些平常的"人"。武侯祠的楹联多为治蜀的封疆大员所撰写，不是吟风弄月的名士所写，这增加了祠的典重。毛主席十分欣赏的那副长联："能攻心则反侧自消，从古知兵非好战；不审势即宽严皆误，后来治蜀要深思"，确实写得很得体，既表现了武侯的思想，也说出撰联大臣的见识。在祠堂对联中，可算得是写得最好的。

我不喜欢杜甫草堂，杜甫的遗迹一点也没有，为秋风所破的茅屋在哪里？老妻画纸，稚子敲针在什么地方？杜甫在何处看见细雨鱼儿出，微风燕子斜？都无从想象。没有桤木，也没有大邑青瓷。

眉　山

三苏祠即旧宅为祠。东坡文云："家有五亩之园"，今略广，占地约八亩。房屋疏朗，三径空阔，树木秀润。因为是以宅为祠，使人有更多的向往。廊子上有一口井，云是苏氏旧物，现在还能打得上水来。井以红砂石为栏，尚完好。大概苏家也不常用这口井，否则，红砂石石质疏松，是会叫井绳磨出道道的。园之右侧有花坛，种荔枝一棵。据说东坡离家时，乡人栽了一棵荔枝，要等他回来吃。苏东坡流谪在外，终于没有吃到家乡的荔枝。东坡酷嗜荔枝，日啖三百颗，但那是广东荔枝。从海南望四川，连"青山一发"也看不见。"不辞长作岭南人"，其言其实是酸苦的。当年乡人所种的荔枝，早已枯死，后来补种了几次。现存的这一棵据说是明代补种的，也已经半枯了，正在设法抢救。祠中有个陈列室，搜集了苏东坡集的历代版本，平放在玻璃橱里。这一设计很能表现四川人的文化素质。

离眉山，往乐山，车中得诗：

当日家园有五亩，
至今文字重三苏。
红栏旧井犹堪汲，
丹荔重栽第几株？

乐　山

大佛的一只手断掉了，后来补了一只。补得不好，手太长，比例不对。又耷拉着，似乎没有筋骨。一时设计不到，造成永久的遗憾。现在没有办法了，又不能给他做一次断手再植的手术，只好就这样吧。

走尽石级，将登山路，迎面有摩崖一方，是司马光的字。司马光的字我见过他写给修《资治通鉴》的局中同人的信，字方方的，笔画颇细瘦。他的大字我还没有见过，字大约七八寸，健劲近似颜体。文曰：

登山亦有道徐行则不蹶　　司马光

我每逢登山，总要想起司马光的摩崖大字。这是见道之言,所说的当然不只是登山。

洪椿坪

峨眉山风景最好的地方我以为是由清音阁到洪椿坪的一段山路。一边是山,竹树层叠,蒙蒙茸茸。一边是农田。下面是一条溪,溪水从大大小小黑的、白的、灰色的石块间夺路而下,有时潴为浅潭,有时只是弯弯曲曲的涓涓细流,听不到声音。时时飞来一只鸟,在石块上落定,不停地撅起尾巴。撅起,垂下,又撅起……它为什么要这样?鸟黑身白颊,黑得像墨,不叫。我觉得这就是鲁迅小说里写的张飞鸟。

洪椿坪的寺名我已经忘记了。

入寺后,各处看看。两个五台山来的和尚在后殿拜佛。

这两个和尚我们在清音阁已经认识,交谈过。一个较高,清瘦清瘦的。他是保定人,原来是做生意的,娶过妻,夫妻感情很好。妻子病故,他万念俱灰,四处漫游,到了五台山,就出了家。另一个黑胖结实,完全像一个农民,他原来大概也就是五台山下的农民。他们发愿朝四大名山。已经朝过普陀,朝过峨眉之后,还要去朝九华山。五台山是本山,早晚可以拜佛,不须跋山涉水。他们的食宿旅费是自筹的。和尚每月有一点生活费,积攒了几年,才能完成夙愿。

进庙先拜佛,得拜一百八十拜。那样五体投地地拜一百八十拜,要叫我拜,非拜晕了不可。正在拜着,黑胖和尚忽然站起来飞跑出殿。原来他一时内急,憋不住了,要去如厕。排便之后,整顿衣裤,又接着拜。

晚饭后,在走廊上和一个本庙的和尚闲聊。我问他和尚进庙是不是都要拜一百八十拜。他说都要拜的。"我们到人家庙里,还不是一样要拜!"同时聊天的有几个小青年。一个小青年问:"你吃不吃肉?"他说:"肉还是要吃的。""喝不喝酒?""酒还是要喝的。"我没想到他如此坦率,他说,"文化大革命"把他们赶下山去,结了婚,生了孩子,什么规矩也没有了。不过庙里的小和尚是不许的。这个和尚四十多岁。天热,他褪下一只僧鞋,把不着鞋的脚在膝上架成二郎腿。他穿的是黄色僧鞋,袜子却是葡萄灰的尼龙丝袜。

两个五台山的和尚天不亮去朝金顶,等我们吃罢早餐,他们已经下来了。保定和尚说他们看到普贤的法相了,在金顶山路转弯处,普贤骑在白象上,前面有两行天女。起先只他一个人看见,他(那个黑胖和尚)看不见,他心里很着急。后来他也看见了。他告诉我们他们在普陀也看到了观音的法相,前面一队白孔雀。保定和尚说:"你们是唯物主义者,我们是唯心主义者,我们的话你们不会相信。不过我们干吗要骗你们？"

下清音阁，我们要去宾馆，两位和尚要去九华山，遂分手。

北温泉

为了改《红岩》剧本，我们在北温泉住了十来天。住数帆楼。数帆楼是一个小宾馆，只两层，房间不多，全楼住客就是我们几个人。数帆楼廊子上一坐，真是安逸。楼外是竹丛，如张岱所常说的："人面一绿"。竹外即嘉陵江。那时嘉陵江还没有被污染，水是碧绿的。昔人诗云："嘉陵江水女儿肤，比似春莼碧不殊"，写出了江水的感觉。听罗广斌说："艾芜同志在廊上坐下，说：'我就是这里了！'"不知怎么这句话传成了是我说的，"文化大革命"中我曾因为这句话而挨斗过。我没有分辩，因为这也是我的感受。

北温泉游人极少，花木欣荣，凫鸟自乐。温泉浴池门开着，随时可以洗。

引温泉水为渠，渠中养非洲鲫鱼。这是个好主意。非洲鲫鱼肉细嫩，唯恨刺多。每顿饭几乎都有非洲鲫鱼，于是我们每顿饭都带酒去。

住数帆楼，洗温泉浴，饮泸州大曲或五粮液，吃非洲鲫鱼,"文化大革命"不斗这样的人,斗谁?

新　都

新都有桂湖,湖不大,环湖皆植桂,开花时想必香得不得了。

桂湖上有杨升庵祠。祠不大,砖墙瓦顶,无藻饰,很朴素。祠内有当地文物数件。壁上嵌黑石,刻黄氏夫人"雁飞曾不到衡阳"诗,不知是不是手迹。

祠中正准备为杨升庵立像,管理处的负责同志让我们看了不少塑像小样,征求我们的意见。我没有说什么。我是不大赞成给古代的文人造像的。都差不多。屈原、李白、杜甫,都是一个样。在三苏祠后面看了苏东坡倚坐饮酒的石像,我实在不能断定这是苏东坡还是李白。杨升庵是什么长相?曾见陈老莲绘升庵醉后图,插花满头,是个相当魁伟的胖子。陈老莲的画未见得有什么根据。即使有一点根据,在桂湖之侧树一胖人的像,也不大好看。

我倒觉得升庵祠可以像三苏祠一样辟一间陈列室,搜集升庵著作的各种版本放在里面。

杨升庵著作甚多,有七十几种。有人以为升庵考证粗疏,有些地方是臆断。我觉得这毕竟是个很有才华,很有学问的人,而且遭遇很不幸,值得纪念。

曾有题升庵祠诗：

> 桂湖老桂弄新姿，
> 湖上升庵旧有祠。
> 一种风流谁得似，
> 状元词曲罪臣诗。

大　足

云冈石刻古朴浑厚，龙门石刻精神饱满。云冈、龙门的颜色是灰黑色，石质比较粗疏，易风化。云冈风化得很厉害，龙门石佛的衣纹也不那么清晰了。云冈是北魏的，龙门是唐代的。大足石刻年代较晚，主要是宋刻。石质洁白坚致，极少磨损，刻工风格也与云冈、龙门迥异，其特点是清秀潇洒，很美，一种人间的美，人的美。

有人说佛像都是没有性别的、是中性的，分不出是男是女。也许是这样吧。更恰切地说，佛有点女性美。大足普贤像被称为"东方的维纳斯"，其实是不准确的。维纳斯就是西方的，她的美是西方的美。普贤是东方的，他的美是东方的美。普贤是男性（不像观音似的曾化为女身），咋会是维纳斯呢？不过普贤确实有点女性，眉目恬静，如好女子。他戴着花冠，尤易让人误会。

"媚态观音"像一个腰肢婀娜的舞女。不过"媚态"二字不大好,说得太露了。

"十二圆觉"衣带静垂,但让人觉得圆觉之间,有清风流动。这组群像的构思有点特别,强调同,而不强调异。十二尊像的相貌、衣着、坐态几乎是一样的。他们都在沉思,但仔细看看,觉得他们各有会心,神情微异。唯此小异,乃成大同,形成一个整体。十二圆觉的门的上面凿出横方窗洞,以受日光,故室内并不昏暗。流泉一道,涓涓下注,流出室外,使空气长新。当初设计,极具匠心。

我见过很多千手观音,都不觉得怎么美。一个人肩背上长出许多胳臂和手,总是不自然。我见过最大的也是最好的千手观音,是承德外八庙的有三层楼高的那一尊。这尊很高的千手观音的好处是胳臂安得比较自然。大足的千手观音我以为是个奇迹。那么多只手(共一千零七只),可是非常自然。这些手是怎样从观音身上长出来的,完全没有交代,只见观音身后有很多手。因为没法交代,所以干脆不交代,这办法太聪明了!但是,你又觉得这确实都是观音的手,菩萨的手。这些手各具表情,有的似在召唤,有的似在指点,有的似在给人安慰……这是富于人性的手。这具千手观音的美学特点是把规整性和随意性结合了起来。石刻,当然是要经过周密的设计的,但是错落参差,不作呆板的对称。手共一千零七只,是个单数，即此可见其随意性。

释迦牟尼涅槃像（俗谓卧佛），佛的面部极为平静，目微睁（常见卧佛合目如甜睡），无爱无欲，无死无生，已寂灭一切烦恼，圆满一切功德，至最高境界。佛像很大，长三十余米，但只刻了佛的头部和胸部，肩和手无交代，下肢伸入岩石，不知所终。佛前刻了佛弟子约十人，不是站成一排，而是有前有后，有的向左，有的向右，弟子服饰皆如中土产；有一个科头鬈发的，似西方人。弟子面微悲戚，但不像有些通俗佛经上所说的号啕擗踊。弟子也只露出半身，腹部以下，在石头里，也不知所终。于有限的空间造无限的境界，大足的佛涅槃像是一个杰作！

川　菜

昆明护国路和文明新街有几家四川人开的小饭馆，卖"豆花素饭"和毛肚火锅。卖毛肚的饭馆早起开门后即在门口竖出一块牌子，上写"毛肚开堂"，或简单地写两个字："开堂"。晚上封了火，又竖出一块牌子，只写一个字："毕"，简练之至！这大概是从四川带过来的规矩。后来我几次到四川，都不见饭馆门口这样的牌子，此风想已消失。也许乡坝头还能看到。

上海有一家相当大的饭馆，叫作"绿杨邨"，以"川菜扬点"为号召。四川菜、扬州包点,确有特色。不过"绿杨邨"的川味已经淡化了。那样强烈的"正宗川味"上海人是吃不消的。

一九四八年我在北京沙滩北京大学宿舍里寄住了半年,常去吃一家四川小馆子,就是李一氓同志在《川菜在北京的发展》一文中提到的蒲伯英回川以后留下的他家里的厨师所开的,许倩云和陈书舫都去吃过的那一家。这家馆子实在很小,只有三四张小方桌,但是菜味很纯正。李一氓同志以为有的菜比成都的还要做得好。我其时还没有去过成都,无从比较。我们去时点的菜只是回锅肉、鱼香肉丝之类的大路菜。这家的泡菜很好吃。

川菜尚辣。我六十年代住在成都一家招待所里,巷口有一个饭摊。一大桶热腾腾的白米饭,长案上有七八样用海椒拌得通红的辣咸菜。一个进城卖柴的汉子坐下来,要了两碟咸菜,几筷子就扒进了三碗"帽儿头"。我们剧团到重庆体验生活,天天吃辣,辣得大家害怕了,有几个年轻的女演员去吃汤圆,进门就大声说:"不要辣椒!"么师傅冷冷地说:"汤圆没有放辣椒的!"川味辣,且麻。重庆卖面的小馆子的白粉墙上大都用黑漆写三个大字:"麻、辣、烫"。川花椒,即名为"大红袍"者确实很香,非山西、河北花椒所可及。吴祖光曾请黄永玉夫妇吃毛肚火锅。永玉的夫人张梅溪吃了一筷,问:"这个东西吃下去会不会死的哟？"川菜麻辣之最者大概要数水煮牛肉。川剧名丑李文杰曾请我们在政协所办的餐厅吃饭，水煮牛肉上来，我吃了一大口，把我噎得透不过气来。

四川人很会做牛肉。赵循伯曾对我说："有一盘干煸牛肉丝，我能吃三碗饭！"灯影牛肉是一绝。为什么叫"灯影牛肉"？有人说是肉片薄而透明，隔着牛肉薄片，可以照见灯影。我觉得"灯影"即皮影戏的人形，言其轻薄如皮影人也。《东京梦华录》有"影戏𦠿"，就是这样的东西。宋人所说的"𦠿"，都是干的或半干的肉的薄片。此说如可成立，则灯影牛肉已经有好几百年的历史了。

成都小吃谁都知道，不说了。"小吃"者不能当饭，如四川人所说，是"吃着玩的"。有几个北方籍的剧人去吃红油水饺，每人要了十碗，幺师傅听了，鼓起眼睛。

川　剧

有一位影剧才人说过一句话："你要知道一个人的欣赏水平高低，只要问他喜欢川剧还是喜欢越剧。"有一次我在青羊艺术剧院看川剧，台上正在演《做文章》，池座的薄暗光线中悄悄进来两个人，一看，是陈老总和贺老总。那是夏天，老哥儿俩都穿了纺绸衬衫，一人手里一把芭蕉扇。坐定之后，陈老总一看邻座是范瑞娟，就大声说：

"范瑞娟,你看我们的川剧怎么样啊?"范瑞娟小声说:"好!"这二位老帅看来是以家乡戏自豪的——虽然贺老总不是四川人。

川剧文学性高,像"月明如水浸楼台"这样的唱词在别的剧种里是找不出来的。

川剧有些戏很美,比如《秋江》《踏伞》。

有些戏悲剧性强,感情强烈。如《放裴》《刁窗》《打神告庙》。《箭射马踏》写女人的嫉妒令人震颤。我看过阳友鹤和曾荣华的《铁笼山》,戏剧冲突如此强烈,我当时觉得这是莎士比亚!

川剧喜剧多,而且品位极高,是真正的喜剧。像《评雪辨踪》这样带抒情性的喜剧,我在别的剧种里还没有见过。别的剧种移植这出戏就失去了原来的诗意。同样,改编的《秋江》也只保存了身段动作,诗意少了。川剧喜剧的诗意跟语言密不可分。四川话是中国最生动的方言之一。比如《秋江》的对话:

陈姑:嗳!
艄翁:那么高了,还矮呀!
陈姑:唉!
艄翁:飞远了,按不到了!

不懂四川话就体会不到妙处。

川丑都有书卷气。李文杰告诉我,进科班学丑,先得学三年小生。这是非常有道理的。川丑不像京剧小丑那样粗俗,如北京人所说"胳肢人"或上海人所说的"硬滑稽",往往是闲中作色,轻轻一笔,使人越想越觉得好笑。比如《拉郎配》的太监对地方官宣读圣旨之后,说:"你们各自回衙理事",他以为这是在他的府第里,完全忘了这是人家的衙门。老公的颠顸糊涂真令人忍俊不禁。川剧许多丑戏并不热闹,倒是"冷淡清虚"的。像《做文章》这样的戏,京剧的丑是没法演的。《文武打》,京剧丑角会以为这不叫个戏。

川剧有些手法非常奇特,非常新鲜。《梵王宫》耶律含嫣和花云一见钟情,久久注视,目不稍瞬,耶律含嫣的妹妹(?)把他们两人的视线拉在一起,拴了个扣儿,还用手指在这根"线"上嘣嘣嘣弹三下。这位小妹捏着这根"线"向前推一推,耶律含嫣和花云的身子就随着向前倾,把"线"向后拽一拽,两人就朝后仰。这根"线"如此结实,实是奇绝!耶律含嫣坐车,她觉得推车的是花云,回头一看,不是!是个老头子,上唇有一撮黑胡子。等她扭过头,是花云!车夫是演花云的同一演员扮的。这撮小胡子可以一会儿出现,一会儿消失(胡子消失是演员含进嘴里了)。用这样的方法表现耶律含嫣爱花云爱得精神恍惚，瞧谁都像花云。耶律含嫣的心理状态不通过旦角的唱念来表现，却通过车夫的小胡子变化来表现，化抽象为具象，这种手法，除了川剧，我还没有见过，而且绝对想不出来。想出这种手法的，能不说他是个天才么？

有人说中国戏曲比较接近布莱希特体系，主要指中国戏曲的"间离效果"。我觉得真正有意识地运用"间离效果"的是川剧。川剧不要求观众完全"入戏"，保持清醒，和剧情保持距离。川剧的帮腔在制造"间离效果"上起了很大作用。帮腔者常常是置身局外的旁观者。我曾在重庆看过一出戏（剧名已忘），两个奸臣在台上对骂，一个说："你混蛋！"另一个说："你混蛋！"帮腔的高声唱道："你两个都混蛋喏……"他把观众对俩人的评论唱出来了！

饮
食
品

故乡的野菜

荠菜。荠菜是野菜,但在我的家乡却是可以上席的。我们那里,一般的酒席,开头都有八个凉碟,在客人入席前即已摆好。通常是火腿、变蛋(松花蛋)、风鸡、酱鸭、油爆虾(或呛虾)、蚶子(是从外面运来的,我们那里不产)、咸鸭蛋之类。若是春天,就会有两样应时凉拌小菜:杨花萝卜(即北京的小水萝卜)切细丝拌海蜇,和拌荠菜。荠菜焯过,碎切,和香干细丁同拌,加姜米,浇以麻油酱醋,或用虾米,或不用,均可。这道菜常抟成宝塔形,临吃推倒,拌匀。拌荠菜总是受欢迎的,吃个新鲜。凡野菜,都有一种园种的蔬菜所缺少的清香。

荠菜大都是凉拌,炒荠菜很少人吃。荠菜可包春卷,包圆子(汤团)。江南人用荠菜包馄饨,称为菜肉馄饨,亦称"大馄饨"。我们那里没有用荠菜包馄饨的。我们那里的面店中所卖的馄饨都是纯肉馅的馄饨,即江南所说的"小馄饨"。没有"大馄饨"。我在北京的一家有名的家庭餐馆吃过这一家的一道名菜：翡翠蛋羹。一个汤碗里一边是蛋羹，一边是荠菜，一边嫩黄，一边碧绿，绝不混淆，吃时搅在一起。这种讲究的吃法，我们家乡没有。

枸杞头。春天的早晨，尤其是下了一场小雨之后，就可听到叫卖枸杞头的声音。卖枸杞头的多是附郭近村的女孩子，声音很脆，极能传远："卖枸杞头来！"枸杞头放在一个竹篮子里，一种长圆形的竹篮，叫作元宝篮子。枸杞头带着雨水，女孩子的声音也带着雨水。枸杞头不值什么钱，也从不用秤约，给几个钱，她们就能把整篮子倒给你。女孩子也不把这当作正经买卖，卖一点钱，够打一瓶梳头油就行了。

自己去摘，也不费事。一会儿工夫，就能摘一堆。枸杞到处都是。我的小学的操场原是祭天地的空地，叫作"天地坛"。天地坛的四边围墙的墙根，长的都是这东西。枸杞夏天开小白花，秋天结很多小红果子，即枸杞子，我们小时候叫它"狗奶子"，因为很像狗的奶子。

枸杞头也都是凉拌，清香似尤甚于荠菜。

蒌蒿。小说《大淖记事》："春初水暖，沙洲上冒出很多紫红色的芦芽和灰绿色的蒌蒿，很快就是一片翠绿了。"我在书页下面加了一条注："蒌蒿是生于水边的野草，粗如笔管，有节，生狭长的小叶，初生二寸来高，叫作'蒌蒿薹子'，加肉炒食极清香。……"蒌蒿，字典上都注"蒌"

音楼,蒿之一种,即白蒿。我以为蒌蒿不是蒿之一种,蒌蒿掐断,没有那种蒿子气,倒是有一种水草气。苏东坡诗:"蒌蒿满地芦芽短",以蒌蒿与芦芽并举,证明是水边的植物,就是我的家乡所说"蒌蒿薹子"。"蒌"字我的家乡不读楼,读吕。蒌蒿好像都是和瘦猪肉同炒,素炒好像没有。我小时候非常爱吃炒蒌蒿薹子。桌上有一盘炒蒌蒿薹子,我就非常兴奋,胃口大开。蒌蒿薹子除了清香,还有就是很脆,嚼之有声。

荠菜、枸杞我在外地偶尔吃过,蒌蒿薹子自十九岁离乡后从未吃过,非常想念。去年我的家乡有人开了汽车到北京来办事,我的弟妹托他们带了一塑料袋蒌蒿薹子来,因为路上耽搁,到北京时已经焐坏了。我挑了一些还不太烂的,炒了一盘,还有那么一点意思。

马齿苋。中国古代吃马齿苋是很普遍的,马苋与人苋(即红白苋菜)并提。后来不知怎么吃的人少了。我的祖母每年夏天都要摘一些马齿苋,晾干了,过年包包子。我的家乡普通人家平常是不包包子的,只有过年才包,自己家里人吃,有客人来蒸一盘待客。不是家里人包的,一般的家庭妇女不会包,都是备了面、馅,请包子店里的师傅到家里做,做一上午,就够正月里吃了。我的祖母吃长斋,她的马齿苋包子只有她自己吃。我尝过一个,马齿苋有点酸酸的味道,不难吃,也不好吃。

马齿苋南北皆有。我在北京的甘家口住过，离玉渊潭很近，玉渊潭马齿苋极多。北京人叫作马苋儿菜，吃的人很少。养鸟的拔了喂画眉。据说画眉吃了能清火。画眉还会有"火"么？

莼菜。第一次喝莼菜汤是在杭州西湖的楼外楼，一九四八年四月。这以前我没有吃过莼菜，也没有见过。我的家乡人大都不知莼菜为何物。但是秦少游有《以莼姜法鱼糟蟹寄子瞻》诗，则高邮原来是有莼菜的。诗最后一句是"泽居备礼无麋鹿"，秦少游当时盖在高邮居住，送给苏东坡的是高邮的土产。高邮现在还有没有莼菜，什么时候回高邮，我得调查调查。

明朝的时候，我的家乡出过一个散曲作家王磐。王磐字鸿渐，号西楼，散曲作品有《西楼乐府》。王磐当时名声很大，与散曲大家陈大声并称为"南曲之冠"。王西楼还是画家。高邮现在还有一句歇后语："王西楼嫁女儿——画（话）多银子少。"王西楼有一本有点特别的著作：《野菜谱》。《野菜谱》收野菜五十二种。五十二种中有些我是认识的，如白鼓钉（蒲公英）、蒲儿根、马兰头、青蒿儿（即茵陈蒿）、枸杞头、野绿豆、蒌蒿、荠菜儿、马齿苋、灰条。江南人重马兰头。小时读周作人的《故乡的野菜》，提到儿歌："荠菜马兰头，姐姐嫁在后门头"，很是向往，但是我的家乡是不大有人吃的。灰条的"条"字，正字应是"藋",通称灰菜。这东西我的家乡不吃。我第一次吃灰菜是在一个山东同学的家里,蘸了稀面,蒸熟,就烂蒜,别具滋味。后来在昆明黄土坡一中学教书,学校发不出薪水,我们时常断炊,就掳了灰菜来炒了吃。在北京我也摘过灰菜炒食。有一次发现钓鱼台国宾馆的墙外长了很多灰菜,极肥嫩,就弯下腰来摘了好些,装在书包里。门卫发现,走过来问:"你干什么?"他大概以为我在埋定时炸弹。我把书包里的灰菜抓出来给他看,他没有再说什么,走开了。灰菜有点碱味,我很喜欢这种味道。王西楼《野菜谱》中有一些,我不但没有吃过、见过,连听都没听说过,如:"燕子不来香"、"油灼灼"……

《野菜谱》上图下文。图画的是这种野菜的样子,文则简单地说这种野菜的生长季节,吃法。文后皆系以一诗,一首近似谣曲的小乐府,都是借题发挥,以野菜名起兴,写人民疾苦。如:

眼子菜

眼子菜,如张目,年年盼春怀布谷,犹向秋来望时熟。何事频年倦不开,愁看四野波漂屋。

猫耳朵

猫耳朵，听我歌，今年水患伤田禾，仓廪空虚鼠弃窝，猫兮猫兮将奈何！

江荠

江荠青青江水绿，江边挑菜女儿哭。爷娘新死兄趁熟，止存我与妹看屋。

抱娘蒿

抱娘蒿，结根牢，解不散，如漆胶。君不见昨朝儿卖客船上，儿抱娘哭不肯放。

这些诗的感情都很真挚，读之令人酸鼻。我的家乡本是个穷地方，灾荒很多，主要是水灾，家破人亡，卖儿卖女的事是常有的。我小时就见过。现在水利大有改进，去年那样的特大洪水，也没死一个人，王西楼所写的悲惨景象不复存在了。想到这一点，我为我的家乡感到欣慰。过去，我的家乡人吃野菜主要是为了度荒，现在吃野菜则是为了尝新了。喔，我的家乡的野菜！

一九九二年四月十四日

《知味集》后记

《知味集》征稿小启

浙中清馋,无过张岱,白下老饕,端让随园。中国是一个很讲究吃的国家,文人很多都爱吃,会吃,吃得很精;不但会吃,而且善于谈吃。中外文化出版公司要编一套作家谈生活艺术的丛书,其中有一本是作家谈饮食文化的,说白了,就是作家谈吃。这是理所当然的事。作家谈吃,时时散见于报刊,但是向无专集,现在把谈吃的文章集中成一本,想当有趣。凡不厌精细的作家,盍兴乎来。八大菜系、四方小吃,生猛海鲜、新摘园蔬,暨酸豆汁、臭千张,皆可一谈。或小市烹鲜,欣逢多年之故友;佛院烧笋,偶得半日之清闲,婉转亲切。意不在吃,而与吃有关者,何妨一记?作家中不乏烹调高手，卷袖入厨，嗟咄立办；颜色饶有画意，滋味别出酸咸；黄州猪肉、宋嫂鱼羹，不能望其项背。凡有独得之秘者，倘能公诸于世，传之久远，是所望也。

道路阻隔，无由面请，谨奉牍以闻，此启。

编完了这本书的稿子，说几句有关的和无关的话。

这本书还是值得看看的。里面的文章，风格各异，有的人书俱老，有的文采翩翩，都可读。不过书名起得有点冒失了。"人莫不饮食也，鲜能知味也。"知味实不容易。说味就更难。从前有人没有吃过葡萄，问人葡萄是什么味道，答曰"似软枣"，我看不像。"千里莼羹，末下盐豉"，和北方的酪可谓毫不相干。山里人不识海味，有人从海边归来，盛称海馔之美，乡人争舐其眼。此人大概很能说味。我在福建吃过泥蚶，觉得好吃得不得了，但是回来之后，告诉别人，只能说非常鲜、嫩，不用任何佐料，剥了壳即可入口，而五味俱足，而且不会使人饱餍，越吃越想吃，而已。但是大家还是很爱谈吃。常听到的闲谈的话题是"精神会餐"。说的人津津有味，听的人倾耳入神。但是"精神会餐"者，精神也，只能调动人对某种食物的回忆和想象，谈是当不得吃的。此集所收文章所能达到的效果，也只是这样，使读者对吃过的东西有所回味，对没吃过的有所向往,"吊吊胃口"罢了。读了一篇文章,跟吃过一盘好菜一样是不可能的(如是这样,就可以多开出版社,少开餐馆)。作家里有很会做菜的。本书的征稿小启中曾希望会做菜的作家将独得之秘公之于众。本书也有少数几篇是涉及菜的做法的。做菜是有些要领的。炒多种物料放一起的菜,比如罗汉斋,要分别炒,然后再入锅混合,如果冬菇、冬笋、山药、白果、油菜……同时下锅,则将一塌糊涂,生的生,烂的烂。但是做菜主要靠实践,总要失败几次,才能取得经验。想从这本书里学几手,大概是不行的。这本书不是菜谱食单,只是一本作家谈吃的散文集子,读者也只宜当散文读。

数了数文章的篇数,觉得太少了。中国是一个吃的大国,只有这样四十八篇,实在是挂一漏万。而且谈大菜、名菜的少,谈小吃的多。谈大菜的只有王世襄同志的谈糟熘鱼片一篇,"八大菜系"里,只有一篇谈苏帮菜的,其余各系均付作阙如。霍达的谈涮羊肉,只能算是谈了一种中档菜(她的文章可是高档的)。谈豆腐的倒有好几篇。豆腐是很好吃的东西,值得编一本专集,但和本书写到的和没有写到的肴馔平列,就有点过于突出,不成比例。这是什么原因呢?一是大菜、名菜很不好写。山东的葱烧海参,只能说是葱香喷鼻而不见葱;苏州松鹤楼的乳腐肉,只能说是"嫩得像豆腐一样";四川的樟茶鸭子,只能说是鸭肉酥嫩,而有樟树茶叶香;镇江刀鱼,只能说:鲜!另外,这本书编得有点不合时宜。名菜细点,如果仔细揣摩,能近取譬,还是可以使人得其仿佛的,但是有人会觉得:这是什么时候,谈吃!再有,就是使人有"今日始知身孤寒"之感。我们的作家大都还是寒士。鲥鱼卖到一斤百元以上,北京较大的甲鱼七十元一斤,作家,谁吃得起?名贵的东西,已经成了走门子行贿的手段。买的人不吃,吃的人不买。而这些受贿者又只吃而不懂吃,瞎吃一通,或懂吃又不会写。于是,作家就只能写豆腐。

中国烹饪的现状到底如何?有人说中国的烹饪艺术正在堕落。我看这话不无道理。时常听到:什么什么东西现在没有了,什么什么菜不是从前那个味儿了,原因何在?很多。一是没有以前的材料。前几年,我到昆明,吃了气锅鸡,索然无味;吃过桥米线,也一样,一问,才知道以前的气锅鸡用的是武定壮鸡(武定特产,阉了的母鸡),现在买不到。过桥米线本来也应该是武定壮鸡的汤。我到武定,吃气锅鸡,也不是"壮鸡"!北京现在的"光鸡"只有人工饲养的"西装鸡"和"华都肉鸡",怎么做也是不好吃的。二是赔不起那工夫。过去北京的谭家菜要几天前预订,因为谭家菜是火候菜,不能嗟咄立办。张大千做一碗清炖吕宋黄翅,要用十四天。吃安徽菜,要能等。现在大家都等不及。镇江的肴肉过去精肉都是实在的,现在的肴肉是软趴趴的,切不成片,我看是卤渍和石压的时间不够。淮扬一带的狮子头,过去讲究"细切粗斩",先把肥瘦各半的硬肋肉切成石榴米大,再略剁几刀。现在是一塌刮子放进绞肉机里一绞,求其鲜嫩,实不可能。再有,我看是经营管理和烹制的思想有问题。过去的饭馆都有些老主顾,他们甚至常坐的座位都是固定的。菜品稍有逊色,便会挑剔。现在大中城市流动人口多,采购员、倒爷,吃了就走。馆子里不指望做回头生意,于是萝卜快了不洗泥,偷工减料,马马虎虎。近年来大餐馆的名厨都致力于"创新菜"。菜本来是应该不断创新的。我们现在不会回到把整牛放在毛公鼎里熬得稀烂的时代。看看《梦粱录》《东京梦华录》,宋朝的菜的做法比现在似乎简单得多。但是创新要在色香味上下功夫,现在的创新菜却多在形上做文章。有一类菜叫作"工艺菜"。这本来是古已有之的。晋人雕卵而食,可以算是工艺菜。宋朝有一位厨娘能用菜肴在盘子里摆出辋川小景,这可真是工艺。不过就是雕卵、辋川小景,也没有多大意思。鸡蛋上雕了花,吃起来还不是鸡蛋的味道么?辋川小景没法吃。王维死后有知,一定会摇头:辋川怎么能吃呢?现在常见的工艺菜,是用鸡片、腰片、黄瓜、山楂糕、小樱桃、罐头、豌豆……摆捏出来的龙、凤、鹤。华而不实。用鸡茸捏出一个一个椭圆的球球,安上尾巴,是金鱼,实在叫人恶心。有的工艺菜在大盘子里装成一座架空的桥，真是匪夷所思。还有在工艺菜上装上彩色小灯泡的，闪闪烁烁，这简直是：胡闹！中国烹饪是不是在堕落，还难下结论，但确是有些问题。如何继承和发扬传统，使中国的烹饪艺术走上一条健康的正路，需要造一点舆论。此亦弘扬民族文化之一端。而作家在这方面是可以尽一点力的：多写一点文章。看来《知味集》有出续集、三集的必要。然而有什么出版社会出呢？吁。

《学人谈吃》序

《学人谈吃》，我觉得这个书名有点讽刺意味。学人是会吃，且善于谈吃的。中国的饮食艺术源远流长，千年不坠，和学人的著述是有关系的。现存的古典食谱，大都是学人的手笔。但是学人一般比较穷，他们爱谈吃，但是不大吃得起。

抗日战争以前，学人的生活相当优裕，大学教授一个月可以拿到三四百元，有的教授家里是有厨子的。抗战以后，学人生活一落千丈。我认识一些学人正是在抗战以后。我读的大学是西南联大，西南联大是名教授荟萃的学府。这些教授肚子里有学问，却少油水。昆明的一些名菜，如"培养正气"的气锅鸡、东月楼的锅贴乌鱼、映时春的油淋鸡、新亚饭店的过油肘子、小西门马家牛肉馆的牛肉、甬道街的红烧鸡枞……能够偶尔一吃的，倒是一些"准学人"——学生或助教。这些准学人两肩担一口，无牵无挂，有一点钱——那时的大学生大都在校外兼职，教中学、当家庭教师、做会计……不时有微薄的薪水，多是三朋四友，一顿吃光。教授们有家，有妻儿老小，当然不能这样的放诞。有一位名教授，外号"二云居士"，谓其所嗜之物为云土与云腿，我想这不可靠。走进大西门外凤翥街的本地馆子里，一屁股坐下来，毫不犹豫地先叫一盘"金钱片腿"的，只有赶马的马锅头，而教授只能看看。唐立厂[1]（兰）先生爱吃干巴菌，这东西是不贵的，但必须有瘦肉、青辣椒同炒，而且过了雨季，鲜干巴菌就没有了，唐先生也不能老吃。沈从文先生经常在米线店就餐，巴金同志的《怀念从文》中提到："我还记得在昆明一家小饮食店里几次同他相遇，一两碗米线作为晚餐，有西红柿，还有鸡蛋，我们就满足了。"这家米线店在文林街他的宿舍对面，我就陪沈先生吃过多次米线。文林街上除了米线店，还有两家卖牛肉面的小馆子。西边那一家有一位常客，是吴雨僧（宓）先生。他几乎每天都来。老板和他很熟，也对他很尊敬。那时物价以惊人的速度飞涨，牛肉面也随时要涨价。每涨一次价，老板都得征求吴先生的同意。吴先生听了老板的陈述，认为有理，就用一张红纸，毛笔正楷，写一张新订的价目表，贴在墙上。穷虽穷，不废风雅。云南大学成立了一个曲社，定期举行"同期"。参加

---

[1] 这个字读庵，不是工厂的厂。

拍曲的有陶重华（光）、张宗和、孙凤竹、崔芝兰、沈有鼎、吴征镒诸先生，还有一位在民航公司供职的许茹香老先生。"同期"后多半要聚一次餐。所谓"聚餐"，是到翠湖边一家小铺去吃一顿馅儿饼，费用公摊。不到吃完，账已经算得一清二楚，谁该多少钱。掌柜的直纳闷，怎么算得这么快？他不知道算账的是许宝騄先生。许先生是数论专家，这点小九九还在话下！许家是昆曲世家，他的曲子唱得细致规矩是不难理解的，从本书俞平伯先生文中，我才知道他的字也写得很好。昆明的学人清贫如此，重庆、成都的学人也好不到哪里去。我在观音寺一中学教书时，于金启华先生壁间见到胡小石先生写给他的一条字，是胡先生自作的有点打油味道的诗。全诗已忘，前面说广文先生如何如何，有一句我是一直记得的："斋钟顿顿牛皮菜。"牛皮菜即莙荙菜，茎叶可炒食或做汤，北方叫作"根头菜"，也还不太难吃，但是顿顿吃牛皮菜，是会叫人"嘴里淡出鸟来"的！

抗战胜利，大学复员。我曾在北大红楼寄住过半年，和学人时有接触，他们的生活比抗战时要好一些，但很少于吃喝上用心的。谭家菜近在咫尺，我没有听说有哪几位教授在谭家菜预订过一桌鱼翅席去解馋。北大附近只有松公府夹道拐角处有一家四川馆子，就是本书李一氓同志文中提到过许倩云、陈书舫曾照顾过的，屋小而菜精。李一氓同志说是这家的菜比成都还做得好,我无从比较。除了鱼香肉丝、炒回锅肉、豆瓣鱼……之外,我一直记得这家的泡菜特别好吃,——而且是不算钱的。掌柜的是个矮胖子,他的儿子也上灶。不知为了什么事,两父子后来闹翻了。常到这里来吃的,以助教、讲师为多,教授是很少来的。除了这家四川馆,红楼附近只有两家小饭铺,卖筋面炒饼,还有一种叫作"炒合菜戴帽"或"炒合菜盖被窝"的菜,——菠菜炒粉条,上面摊一层薄薄的鸡蛋盖住。从大学附近饭铺的菜蔬,可以大体测量出学人和准学人的生活水平。

教授、讲师、助教忽然阔了一个时期。国民党政府改革币制,从法币改为金元券,这一下等于增加薪水十倍。于是,我们几乎天天晚上到东安市场去吃。吃森隆、五芳斋的时候少,常吃的是"苏造肉"——猪肉及下水加砂仁、豆蔻等药料共煮一锅,吃客可以自选一两样,由大师傅夹出,剁块,和黄宗江在《美食随笔》里提到的言慧珠请他吃过的爆肚和白汤杂碎。东安市场的爆肚真是一绝,脆,嫩,绝对干净,爆散丹、爆肚仁都好。白汤杂碎,汤是雪白的。可惜好景不长,阔也就是阔了一个月光景。金元券贬值,只能依旧回沙滩吃炒合菜。

教授很少下馆子。他们一般都在家里吃饭,偶尔约几个朋友小聚,也在家里。教授夫人大都会做菜。我的师娘,三姐张兆和是会做菜的。她做的八宝糯米鸭,酥烂入味,皮不破,肉不散,是个杰作。但是她平常做的只是家常炒菜。四姐张充和多才多艺,字写得极好,曲子唱得极好,——我们在昆明曲会学唱的《思凡》就是用的她的腔,曾听过她的《受吐》的唱片,真是细腻婉转;她善写散曲,也很会做菜。她做的菜我大都忘了,只记得她做的"十香菜"。"十香菜",苏州人过年吃的常菜耳,只是用十种咸菜丝,分别炒出,置于一盘。但是充和所制,切得极细,精致绝伦,冷冻之后,于鱼肉饫饱之余上桌,拈箸入口,香留齿颊!

解放后我在北京市文联工作过几年。那时文联编着两个刊物:《北京文艺》和《说说唱唱》,每月有一点编辑费。编辑费都是吃掉。编委、编辑,分批开向饭馆。那两年,我们几乎把北京的有名的饭馆都吃遍了。预订包桌的时候很少,大都是临时点菜。"主点"的是老舍先生,亲笔写菜单的是王亚平同志。有一次,菜点齐了,老舍先生又斟酌了一次,认为有一个菜不好,不要,亚平同志掏出笔来在这道菜四边画了一个方框,又加了一个螺旋形的小尾巴。服务员接过菜单,端详了一会儿,问:"这是什么意思?"亚平真是个老编辑,他把校对符号用到菜单上来了!

老舍先生好客,他每年要把文联的干部约到家里去喝两次酒，一次是菊花开的时候，赏菊；一次是腊月二十三，他的生日。菜是地道老北京的味儿，很有特点。我记得很清楚的是芝麻酱炖黄花鱼，是一道汤菜。我以前没有吃过这个菜，以后也没有吃过。黄花鱼极新鲜，而且是一般大小，都是八寸。装这个菜得一个特制的器皿——瓷盌子，即周壁直上直下的那么一个家伙。这样黄花鱼才能一条一条顺顺溜溜平躺在汤里。若用通常的大海碗，鱼即会拗弯甚至断碎。老舍夫人胡絜青同志善做"芥末墩"，我以为是天下第一。有一次老舍先生宴客的是两个盒子菜。盒子菜已经绝迹多年，不知他是从哪一家订来的。那种里面分隔的填雕的朱红大圆漆盒现在大概也找不到了。

学人中有不少是会自己做菜的。但都只能做一两只拿手小菜。学人中真正精于烹调的，据我所知，当推北京王世襄。世襄以此为一乐。据说有时朋友请他上家里做几个菜，主料、配料、酱油、黄酒……都是自己带去。听黄永玉说，有一次有几个朋友在一家会餐，规定每人备料去表演一个菜。王世襄来了，提了一捆葱。他做了一个菜：焖葱。结果把所有的菜全压下去了。此事不知是否可靠。如不可靠，当由黄永玉负责！

客人不多，时间充裕，材料凑手，做几个菜是很愉快的事。成天伏案，改换一下身体的姿势，也是好的，——

做菜都是站着的。做菜，得自己去买菜。买菜也是构思的过程。得看菜市上有什么菜，捉摸一下，才能搭配出几个菜来。不可能在家里想做几个什么菜，菜市上准有。想炒一个雪里蕻冬笋，没有冬笋，菜架上却有新到的荷兰豆，只好"改戏"。买菜，也多少是运动。我是很爱逛菜市场的。到了一个新地方，有人爱逛百货公司，有人爱逛书店，我宁可去逛逛菜市。看看生鸡活鸭、鲜鱼水菜、碧绿的黄瓜、通红的辣椒，热热闹闹、挨挨挤挤，让人感到一种生之乐趣。

学人所做的菜很难说有什么特点，但大都存本味，去增饰，不勾浓芡，少用明油，比较清淡，和馆子菜不同。北京菜有所谓"宫廷菜"（如仿膳）、"官府菜"（如谭家菜、"潘鱼"），学人做的菜该叫个什么菜呢？叫作"学人菜"，不大好听，我想为之拟一名目，曰"名士菜"，不知王世襄等同志能同意否。

《学人谈吃》的编者叫我写一篇序，我不知说什么好，就东拉西扯地写了上面一些。

一九九〇年六月三十日

食豆饮水斋闲笔

豌 豆

在北市口卖熏烧炒货的摊子上,和我写的小说《异秉》里的王二的摊子上,都能买到炒豌豆和油炸豌豆。二十文(两枚当十的铜元)即可买一小包,撒一点盐,一路上吃着往家里走。到家门口,也就吃完了。

离我家不远的越塘旁边的空地上,经常有几副卖零吃的担子。卖花生糖的。大粒去皮的花生仁,炒熟仍是雪白的,平摊在抹了油的白石板上,冰糖熬好,均匀地浇在花生米上,候冷,铲起。这种花生糖晶亮透明,不用刀切,大片,放在玻璃匣里,要买,取出一片,现约,论价。冰糖极脆,花生很香。卖豆腐脑的。我们那里的豆腐脑不像北京浇口蘑渣羊肉卤,只倒一点酱油、醋,加一滴麻油——用一只一头缚着一枚制钱的筷子,在油壶里一蘸,滴在碗里,真正只有一滴。但是加很多样零碎佐料:

小虾米、葱花、蒜泥、榨菜末、药芹末——我们那里没有旱芹,只有水芹即药芹,我很喜欢药芹的气味。我觉得这样的豆腐脑清清爽爽,比北京的勾芡的黏黏糊糊的羊肉卤的要好吃。卖糖豌豆粥的。香粳晚米和豌豆一同在铜锅中熬熟,盛出后加洋糖(绵白糖)一勺。夏日于柳荫下喝一碗,风味不恶。我离乡五十多年,至今还记得豌豆粥的香味。

北京以豌豆制成的食品,最有名的是"豌豆黄"。这东西其实制法很简单,豌豆熬烂,去皮,澄出细沙,加少量白糖,摊开压扁,切成5寸×3寸的长方块,再加刀割出四方小块,分而不离,以牙签扎取而食。据说这是"宫廷小吃",过去是小饭铺里都卖的,很便宜,现在只仿膳这样的大餐馆里有了,而且卖得很贵。

夏天连阴雨天,则有卖煮豌豆的。整粒的豌豆煮熟,加少量盐,搁两个大料瓣在浮头上,用豆绿茶碗量了卖。虎坊桥有一个傻子卖煮豌豆,给得多。虎坊桥一带流传一句歇后语:"傻子的豌豆——多给"。北京别的地区没有这样的歇后语。想起煮豌豆,就会叫人想起北京夏天的雨。

早年前有磕豌豆模子的。豌豆煮成泥,摁在雕成花样的木模子里,磕出来,就成了一个一个小玩意儿,小猫、小狗、小兔、小猪。买的都是孩子,也玩了,也吃了。

以上说的是干豌豆。新豌豆都是当菜吃。烩豌豆是应时当令的新鲜菜。加一点火腿丁或鸡茸自然很好,就是素烩,也极鲜美。烩豌豆不宜久煮,久煮则汤色发灰,不透亮。

全国兴起了吃荷兰豌豆也就近几年的事。我吃过的荷兰豆以厦门为最好,宽大而嫩。厦门的汤米粉中都要加几片荷兰豆,可以解海鲜的腥味。北京吃的荷兰豆都是从南方运来的。我在厦门郊区的田里看到正在生长着的荷兰豆,搭小架,水红色的小花,嫩绿的叶子,嫣然可爱。

豌豆的嫩头,我的家乡叫豌豆头,但将"豌"字读成"安"。云南叫豌豆尖,四川叫豌豆颠。我的家乡一般都是油盐炒食。云南、四川加在汤面上面,叫作"飘"或"青"。不要加豌豆苗,叫"免飘";"多青重红"则是多要豌豆苗和辣椒。吃毛肚火锅,在涮了各种荤料后,浓汤之中推进一大盘豌豆颠,美不可言。

豌豆可以入画。曾在山东看到钱舜举的册页,画的是豌豆,不能忘。钱舜举的画设色娇而不俗,用笔稍细而能潇洒,我很喜欢。见过一幅日本竹内栖凤的画,豌豆花,叶颜色较钱舜举尤为鲜丽,但不知道为什么在豌豆前面画了一条赭色的长蛇,非常逼真。是不是日本人觉得蛇也很美?

绿　豆

绿豆在粮食里是最重的。一麻袋绿豆二百七十斤,非壮劳力扛不起。

绿豆性凉,夏天喝绿豆汤、绿豆粥、绿豆水饭,可祛暑。

绿豆的最大用途是做粉丝。粉丝好像是中国的特产。外国名之曰玻璃面条。常见的粉丝的吃法是下在汤里。华侨很爱吃粉丝,大概这会引起他们的故国之思。每年国内要远销大量粉丝到东南亚各地,一律称为"龙口细粉",华侨多称之为"山东粉"。我有个亲戚,是闽籍马来西亚归侨,我在她家吃饭,她在什么汤里都必放两样东西:粉丝和榨菜。苏南人爱吃"油豆腐线粉",是小吃,乃以粉丝及豆腐泡下在冬菇扁尖汤里。午饭已经消化完了,晚饭还不到时候,吃一碗油豆腐线粉,蛮好。北京的镇江馆子森隆以前有一道菜,银丝牛肉:粉丝温油炸脆,浇宽汁小炒牛肉丝,哧拉有声。不知这是不是镇江菜。做银丝牛肉的粉丝必须是纯绿豆的,否则易于焦煳。我曾在自己家里做过一次,粉丝大概掺了不知别的什么东西,炸后成了一团黑炭。"蚂蚁上树"原是四川菜,肉末炒粉丝。有一个剧团的伙食办得不好,演员意见很大。剧团的团长为了关心群众生活,深入到食堂去亲自考察,看到菜牌上写的菜名有"蚂蚁上树",说:"啊呀,伙食是有问题,蚂蚁怎么可以吃呢?"这样的人怎么可以当团长呢?

绿豆轧的面条叫"杂面"。《红楼梦》里尤三姐说:"咱们清水下杂面,你吃我看。"或说杂面要下羊肉汤里,清水下杂面是说没有吃头的。究竟这句话是什么意思,我还不太明白。不过杂面是要有点荤汤的,素汤杂面我还没有吃过。那么,吃长斋的人是不吃杂面的?

凉粉皮原来都是绿豆的,现在纯绿豆的很少,多是杂豆的。大块凉粉则是白薯粉的。

凉粉以川北凉粉为最好,是豌豆粉,颜色是黄的。川北凉粉放很多油辣椒,吃时嘴里要嘘嘘出气。

广东人爱吃绿豆沙。昆明正义路南头近金碧路处有一家广东人开的甜品店,卖绿豆沙、芝麻糊和番薯糖水。绿豆沙、芝麻糊都好吃,番薯糖水则没有多大意思。

绿豆糕以昆明的吉庆祥和苏州采芝斋最好,油重,且加了玫瑰花。北京的绿豆糕不加油,是干的,吃起来噎人。我有一阵生胆囊炎,不宜吃油,买了一盒回来,我的孙女很爱吃,一气吃了几块,我觉得不可理解。

黄　豆

豆叶在古代是可以当菜吃的。吃法想必是做羹。后来就没有人吃了。没有听说过有人吃凉拌豆叶、炒豆叶、豆叶汤。

我们那里,夏天,家家都要吃几次炒毛豆,加青辣椒。中秋节煮毛豆供月,带壳煮。我父亲会做一种毛豆:毛豆剥出粒,与小青椒(不切)同煮,加酱油、糖,候豆熟收汤,摊在筛子里晾至半干,豆皮起皱,收入小坛。下酒甚妙,做一次可以吃几天。

北京的小酒馆里盐水煮毛豆,有的酒馆是整棵地煮的,不将豆荚剪下,酒客用手摘了吃,似比装了一盘吃起来更香。

香椿豆甚佳。香椿嫩头在开水中略烫,沥去水,碎切,加盐;毛豆加盐煮熟,与香椿同拌匀,候冷,贮之玻璃瓶中,隔日取食。

北京人吃炸酱面,讲究的要有十几种菜码,黄瓜丝、小萝卜、青蒜……还得有一撮毛豆或青豆。肉丁(不用副食店买的绞肉末)炸酱与青豆同嚼,相得益彰。

北京人炒麻豆腐要放几个青豆嘴儿——青豆发一点芽。

三十年前北京稻香村卖熏青豆,以佐茶甚佳。这种豆大概未必是熏的,只是加一点茴香,入轻盐煮后晾成的。皮亦微皱,不软不硬,有咬劲。现在没有了,想是因为费工而利薄,熏青豆是很便宜的。

江阴出粉盐豆。不知怎么能把黄豆发得那样大,长可半寸,盐炒,豆不收缩,皮色发白,极酥松,一嚼即成细粉,故名粉盐豆。味甚隽,远胜花生米,吃粉盐豆,喝白花酒,很相配。我那时还不怎么会喝酒,只是喝白开水。星期天,坐在自修室里,喝水,吃豆,读李清照、辛弃疾词,别是一番滋味。我在江阴南菁中学读过两年,星期天多半是这样消磨过去的。前年我到江阴寻梦,向老同学问起粉盐豆,说现在已经没有了。

稻香村、桂香村、全素斋等处过去都卖笋豆。黄豆、笋干切碎,加酱油、糖煮。现在不大见了。

三年自然灾害时,对十七级干部有一点照顾,每月发几斤黄豆、一斤白糖,叫作"糖豆干部"。我用煮笋豆法煮之,没有笋干,放一点口蘑。口蘑是我在张家口坝上自己采得晒干的。我做的口蘑豆自家吃,还送人。曾给黄永玉送去过。永玉的儿子黑蛮吃了,在日记里写道:"黄豆是不好吃的东西,汪伯伯却能把它做得很好吃,汪伯伯很伟大!"

炒黄豆芽宜烹糖醋。

黄豆芽吊汤甚鲜。南方的素菜馆、供素斋的寺庙,都用豆芽汤取鲜。有一老饕在一个庙里吃了素斋,怀疑汤里放了虾子包,跑到厨房里去验看,只见一口大锅里熬着一锅黄豆芽和香菇蒂的汤。黄豆芽汤加酸雪里蕻,泡饭甚佳。

此味北人不解也。

黄豆对中国人民最大的贡献是能做豆腐及各种豆制品。如果没有豆腐，中国人民的生活将会缺一大块，和尚、尼姑、素菜馆的大师傅就通通"没戏"了。素菜除了冬菇、口蘑、金针、木耳、冬笋、竹笋，主要是靠豆腐、豆制品。素这个，素那个，只是豆制品变出的花样而已。关于豆腐，应另写专文，此不及。

扁　豆

我们那一带的扁豆原来只有北京人所说的"宽扁豆"的那一种。郑板桥写过一副对联："一庭春雨瓢儿菜，满架秋风扁豆花"，指的当是这种扁豆。这副对子写的是尚可温饱的寒士家的景况，有钱的阔人家是不会在庭院里种菜种扁豆的。扁豆有紫花和白花的两种，紫花的较多，白花的少。郑板桥眼中的扁豆花大概是紫的。紫花扁豆结的豆角皮色亦微带紫，白花扁豆则是浅绿色的。吃起来味道都差不多。唯入药用，则必为"白扁豆"，两种扁豆药性可能不同。扁豆初秋即开花，旋即结角，可随时摘食。板桥所说"满架秋风"，给人的感觉是已是深秋了。画扁豆花的画家喜欢画一只纺织娘，这是一个季节的东西。暑尽天凉，月色如水，听纺织娘在扁豆架上沙沙地振羽，至有情味。北京有种红扁豆的,花是大红的,豆角则是深紫红的。这种红扁豆似没人吃,只供观赏。我觉得这种扁豆红得不正常,不如紫花、白花有韵致。

北京通常所说的扁豆,上海人叫四季豆。我的家乡原来没有,现在有种的了。北京的扁豆有几种,一般的就叫扁豆,有上架的,叫"架豆"。一种叫"棍儿扁豆",豆角如小圆棍。"棍儿扁豆"字面自相矛盾,既似棍儿,不当叫扁。有一种豆角较宽而甚嫩的,叫"闷儿豆",我想是"眉豆"的讹读。北京人吃扁豆无非是焯熟凉拌、炒,或焖。"焖扁豆面"挺不错。扁豆焖熟,加水,面条下在上面,面熟,将扁豆翻到上面来,再稍焖,即得。扁豆不管怎么做,总宜加蒜。

我在泰山顶上一个招待所里吃过一盘炒棍儿扁豆,非常嫩。平生所吃扁豆,此为第一。能在泰山顶上吃到,尤为难得。

芸 豆

我在昆明吃了几年芸豆。西南联大的食堂里有几个常吃的菜:炒猪血(云南叫"旺子"),炒莲花白(即北京的圆白菜、上海的卷心菜、张家口的疙瘩白),灰色的魔芋豆腐……几乎每天都有的是煮芸豆。府甬道菜市上有卖芸豆的，盐煮，我们有时买了当零嘴吃，因为很便宜。芸豆有红的和白的两种，我们在昆明吃的是红的。

北京小饭铺里过去有芸豆粥卖，是白芸豆。芸豆粥粥汁甚黏，好像勾了芡。

芸豆卷和豌豆黄一样，也是"宫廷小吃"。白芸豆煮成沙，入糖，制为小卷。过去北海漪澜堂茶馆里有卖，现在不知还有没有。

在乌鲁木齐逛"巴扎"，见白芸豆极大，有大拇指头顶儿那样大，很想买一点，但是数千里外带一包芸豆回北京，有点"神经"，遂作罢。

红小豆

红小豆上海叫赤豆：赤豆汤，赤豆棒冰。北京叫小豆：小豆粥，小豆冰棍。我的家乡叫红饭豆，因为可掺在米里蒸成饭。

红小豆最大的用途是做豆沙。北方的豆沙有不去皮的，只是小豆煮烂而已。豆包、炸糕的馅都是这样的粗制豆沙。水滤去皮，成为细沙，北方叫"澄沙"，南方叫"洗沙"。做月饼、甜包、汤圆，都离不开豆沙。豆沙最能吸油，故宜做馅。我们家大年初一早起吃汤圆，洗沙是年前就用大量的猪油拌了，每天在饭锅头上蒸一次，沙色紫得发黑，已经吸足了油。我们家的汤圆又很大，我只能吃两三个，因为一咬一嘴油。

四川菜有夹沙肉，乃以肥多瘦少的带皮臀肩肉整块煮至六七成熟，捞出，稍凉后，切成厚二三分的大片，两片之间肉皮不切通，中夹洗沙，上笼蒸扒。这道菜是放糖的，很甜。肥肉已经脱了油，吃起来不腻。但也不能多吃，我只能来两片。我的儿子会做夹沙肉，每次都很成功。

豇　豆

我小时最讨厌吃豇豆，只有两层皮，味道寡淡。从来北京，岁数大了，觉得豇豆也还好吃。人的口味是可以变的。比如我小时不吃猪肺，觉得泡泡囊囊的，嚼起来很不舒服。老了，觉得肺头挺好吃，于老人牙齿甚相宜。

嫩豇豆切寸段，入开水锅焯熟，以轻盐稍腌，滗去盐水，以好酱油、镇江醋、姜、蒜末同拌，滴香油数滴，可以"渗"酒。炒食宜佳。

河北省酱菜中有酱豇豆，别处似没有。北京的六必居、天源，南方扬州酱菜中都没有。保定酱豇豆是整根酱的，甚脆嫩，而极咸。河北人口重，酱菜无不甚咸。

豇豆长老后，表皮光洁，淡绿中泛浅紫红晕斑。瓷器中有一种"豇豆红"就是这种颜色。曾见一豇豆红小石榴瓶，莹润可爱。中国人很会为瓷器的釉色取名，如"老僧衣"、"芝麻酱"、"茶叶末"，都甚肖。

      一九九二年五月十七日

干　丝

南京、镇江、扬州、高邮、淮安都有干丝。发源地我想是扬州。这是淮扬菜系的代表作之一，很多菜谱都著录。但其实这不是"菜"。干丝不是下饭的，是佐茶的。

扬州一带人有吃早茶的习惯。人说扬州人"早上皮包水，晚上水包皮"。"水包皮"是洗澡，"皮包水"是喝茶。"扬八属"各县都有许多茶馆。上茶馆不只是喝茶，是要吃包子点心的。这有点像广东的"饮茶"。不过广东的茶楼是由服务员（过去叫"伙计"）推着小车，内置包点，由茶客手指索要，扬州的茶馆是由客人一次点齐，陆续搬上。包点是现做现蒸，总得等一些时候，一般上茶馆的大都要一个干丝。一边喝茶，吃干丝，既消磨时间，也调动胃口。

一种特制的豆腐干，较大而方，用薄刃快刀片成薄片，再切为细丝，这便是干丝。讲究一块豆腐干要片十六片，切丝细如马尾，一根不断。

最初似只有烫干丝。干丝在开水锅中烫后，滗去水，在碗里堆成宝塔状，浇以麻油、好酱油、醋，即可下箸。过去盛干丝的碗是特制的，白地青花，碗足稍高，碗腹较深，敞口，这样拌起干丝来好拌。现在则是一只普通的大碗了。我父亲常带了一包五香花生米，搓去外皮，携青蒜一把，嘱堂倌切寸段，稍烫一烫，与干丝同拌，别有滋味。这大概是他的发明。干丝喷香，茶泡两开正好，吃一箸干丝，喝半杯茶，很美！扬州人喝茶爱喝"双拼"，倾龙井、香片各一包，入壶同泡，殊不足取。总算还好，没有把乌龙茶和龙井掺和在一起。

煮干丝不知起于何时，用小虾米吊汤，投干丝入锅，下火腿丝、鸡丝，煮至入味，即可上桌。不嫌夺味，亦可加冬菇丝。有冬笋的季节，可加冬笋丝。总之烫干丝味要清纯，煮干丝则不妨浓厚。但也不能搁螃蟹、蛤蜊、海蛎子、蛏，那样就是喧宾夺主，吃不出干丝的味了。

北京没有适于切干丝的豆腐干。偶有"大白干"，质地松泡，切丝易断。不得已，以高碑店豆腐片代之，细切如扬州方干一样，但要选片薄而有韧性者。这道菜已经成了我偶设家宴的保留节目。

美籍华人女作者聂华苓和她的丈夫保罗·安格尔来北京，指名要在我家吃一顿饭，由我亲自做。我给她配了几个菜。几个什么菜，我已经忘了，只记得有一大碗煮干丝。

华苓吃得淋漓尽致，最后端起碗来把剩余的汤汁都喝了。华苓是湖北人，年轻时是吃过煮干丝的。但在美国不易吃到。美国有广东馆子、四川馆子、湖南馆子，但淮扬馆子似很少。我做这个菜是有意逗引她的故国乡情！我那道煮干丝自己也感觉不错，是用干贝吊的汤。前已说过，煮干丝不厌浓厚。

一九九二年九月七日

鱼我所欲也

石　斑

我第一次吃石斑鱼是一九四七年，在越南海防一家华侨开的饭馆里。那吃法很别致。一条很大的石斑，红烧，同时上一大盘生的薄荷叶。我仿照邻座人的办法，吃一口石斑鱼，嚼几片薄荷叶。这薄荷可把口中残余的鱼味去掉，再吃第二口，则鱼味常新。这种吃法，国内似没有。越南人爱吃薄荷，华侨饭馆这样的搭配，盖受越南人之影响。

石斑鱼有红斑，青斑——即灰鼠斑。灰鼠斑尤为名贵，清蒸最好。

鳜　鱼

可以和石斑相媲美的淡水鱼，其唯鳜鱼乎？张志和《渔父》词："西塞山前白鹭飞，桃花流水鳜鱼肥"，一经品题，身价十倍。我的家乡是水乡，产鱼，而以"鳊、白、鲊"为三大名鱼："鲊"是鲊花鱼，即鳜鱼。徐文长以为"鲊"字应作"罽"。"罽"是古代的花毯；鲊花鱼身上有黄黑的斑点，似"罽"。但"罽"字今人多不识，如果饭馆的菜单上出现这个字，顾客将不知道是什么东西。鳜鱼肉细，是蒜瓣肉，刺少，清蒸、氽汤、红烧、糖醋皆宜。苏南饭馆做"松鼠鳜鱼"，甚佳。

一九三八年，我在淮安吃过干炸鲊花鱼。活鳜鱼，重三斤，加花刀，在大油锅中炸熟，外皮酥脆，鱼肉白嫩，蘸花椒盐吃，极妙。和我一同吃的有小叔父汪兰生、表弟董受申。汪兰生、董受申都去世多年了。

鲥鱼·刀鱼·鮰鱼

这都是江鱼。

鲥鱼现在卖到二百多块钱一斤，成了走后门送礼的东西，"吃的人不买，买的人不吃"。

刀鱼极鲜、肉极细，但多刺。金圣叹尝以为刀鱼刺多是人生恨事之一。不会吃刀鱼的人是很容易卡到嗓子的。镇江人以刀鱼煮至稀烂，用纱布滤去细刺，以做汤，下面，即谓"刀鱼面"，很美。

我在江阴读南菁中学时，常常吃到鮰鱼，学校食堂里常做这东西。在江阴是很便宜的。鮰鱼本名鮠鱼，但今人只叫它鮰鱼。鮰鱼大概也能红烧，但我在中学时吃的鮰鱼都是白烧。后来在汉口的璇宫饭店吃的，也是白烧。鮰鱼肉厚，切成块放在碗里，没有吃过的人会以为这是鸡块。鮰鱼几乎无刺，大块入口，吃起来很过瘾，宜于馋而懒的人。或说鮰鱼是吃死人的。江里哪有那么多的死人？！鮰鱼吃鱼，是确实的。凡吃鱼的鱼都好吃。鳜鱼也是吃鱼的。养鱼的池塘里是不能有鳜鱼的，见鳜鱼，即捕去。

黄河鲤鱼

我不爱吃鲤鱼，因为肉粗，且有土腥气，但黄河鲤鱼除外。在河南开封吃过黄河鲤鱼，后来在山东水泊梁山下吃过黄河鲤鱼，名不虚传。辨黄河鲤与非黄河鲤，只须看鲤鱼剖开后内膜是白的还是黑的。白色者是真黄河鲤，黑色者是假货。梁山一带人对鲤鱼很重视，酒席上必须有鲤鱼，"无鱼不成席"。婚宴尤不可少。梁山一带人对即将结婚的青年男女，不说是"等着吃你的喜酒"，而说："等着吃你的鱼！"鲤鱼要吃三斤左右的，价也最贵。《水浒传·吴学究说三阮撞筹》中，吴用说他"在一个大财主家做门馆教学,今来要对付十数尾金色鲤鱼,要重十四五斤的"。鲤鱼大到十四五斤,不好吃了,写《水浒》的施耐庵对吃鲤鱼外行。

虎头鲨和昂嗤鱼

虎头鲨和昂嗤鱼原来都是贱鱼,在我的家乡是上不得席的,现在都变得名贵了。

苏州人特重塘鳢鱼,谈起来眉飞色舞。我到苏州一看:嗐,原来就是我们那里的虎头鲨。虎头鲨头大而硬,鳞色微紫,有小黑斑,样子很凶恶,而肉极嫩。我们家乡一般用来氽汤,汤里加醋。昂嗤鱼阔嘴有须,背黄腹白,无背鳍,背上有一根硬骨,捏住硬骨,它会"昂嗤昂嗤"地叫。过去也是氽汤,不放醋,汤白如牛乳。近年家乡兴起炒昂嗤鱼片,谓之"炒金银片",亦佳。

鳝 鱼

淮安人能做全鳝席,一桌子菜全是鳝鱼。除了烤鳝背、炝虎尾等等名堂,主要的做法一是炒,二是烧。鳝鱼烫熟切丝再炒,叫作"软兜";生炒叫炒脆鳝。红烧鳝段叫

"火烧马鞍桥",更粗的鳝段叫"焖张飞"。制鳝鱼都要下大量姜蒜,上桌后撒胡椒,不厌其多。

一九九二年九月十四日

肉食者不鄙

狮子头

狮子头是淮安菜。猪肉肥瘦各半,爱吃肥的亦可肥七瘦三,要"细切粗斩",如石榴米大小(绞肉机绞的肉末不行),荸荠切碎,与肉末同拌,用手抟成招柑大的球,入油锅略炸,至外结薄壳,捞出,放进水锅中,加酱油、糖,慢火煮,煮至透味,收汤放入深腹大盘。

狮子头松而不散,入口即化,北方的"四喜丸子"不能与之相比。

周总理在淮安住过,会做狮子头,曾在重庆红岩八路军办事处做过一次,说:"多年不做了,来来来,尝尝!"想必做得很成功,因为语气中流露出得意。

我在淮安中学读过一个学期,食堂里有一次做狮子头,一大锅油,狮子头像炸麻团似的在油里翻滚,捞出,放在碗里上笼蒸,下衬白菜。一般狮子头多是红烧,食堂所做却是白汤,我觉最能存其本味。

镇江肴蹄

镇江肴蹄,盐渍,加硝,放大盆中,以巨大石块压之,至肥瘦肉都已板实,取出,煮熟,晾去水汽,切厚片,装盘。瘦肉颜色殷红,肥肉白如羊脂玉,入口不腻。

吃肴肉,要蘸镇江醋,加嫩姜丝。

乳腐肉

乳腐肉是苏州松鹤楼的名菜,制法未详。我所做乳腐肉乃以意为之。猪肋肉一块,煮至六七成熟,捞出,俟冷,切大片,每片须带肉皮、肥瘦肉,用煮肉原汤入锅,红乳腐碾烂,加冰糖、黄酒,小火焖。乳腐肉嫩如豆腐,颜色红亮,下饭最宜。汤汁可蘸银丝卷。

腌笃鲜

上海菜。鲜肉和咸肉同炖,加扁尖笋。

东坡肉

浙江杭州、四川眉山,全国到处都有东坡肉。苏东坡爱吃猪肉,见于诗文。东坡肉其实就是红烧肉,功夫全在火候。先用猛火攻,大滚几开,即加作料,用微火慢炖,汤汁略起小泡即可。东坡论煮肉法,云须忌水,不得已时可以浓茶烈酒代之。完全不加水是不行的,会焦煳粘锅,但水不能多。要加大量黄酒。扬州炖肉,还要加一点高粱酒。加浓茶,我试过,也吃不出有什么特殊的味道。

传东坡有一首诗:"无竹令人俗,无肉令人瘦,若要不俗与不瘦,除非天天笋烧肉。"未必可靠,但苏东坡有时是会写这种打油体的诗的。冬笋烧肉,是很好吃。我的大姑妈善做这道菜,我每次到姑妈家,她都做。

霉干菜烧肉

这是绍兴菜,全国各处皆有,但不似绍兴人三天两头就要吃一次。鲁迅一辈子大概都离不开霉干菜。《风波》里所写的蒸得乌黑的霉干菜很诱人,那大概是不放肉的。

黄鱼鲞烧肉

宁波人爱吃黄鱼鲞（黄鱼干）烧肉，广东人爱吃咸鱼烧肉，这都是外地人所不能理解的口味，其实这种搭配是很有道理的。近几年因为违法乱捕，黄鱼产量锐减，连新鲜黄鱼都很难吃到，更不用说黄鱼鲞了。

火　腿

浙江金华火腿和云南宣威火腿风格不同。金华火腿味清，宣威火腿味重。

昆明过去火腿很多，哪一家饭铺里都能吃到火腿。昆明人爱吃肘棒的部位，横切成圆片，外裹一层薄皮，里面一圈肥肉，当中是瘦肉，叫作"金钱片腿"。正义路有一家火腿庄，专卖火腿，除了整只的、零切的火腿，还可以买到火腿脚爪、火腿油。火腿油炖豆腐很好吃。护国路原来有一家本地馆子，叫"东月楼"，有一道名菜"锅贴乌鱼"，乃以乌鱼片两片，中夹火腿一片，在平底铛上烙熟，味道之鲜美，难以形容。前年我到昆明去，向本地人问起东月楼，说是早就没有了，"锅贴乌鱼"遂成《广陵散》。

华山南路吉庆祥的火腿月饼,全国第一。一个重旧秤四两,名曰"四两坨"。吉庆祥还在,而且有了分号,所制四两坨不减当年。

腊　肉

湖南人爱吃腊肉。农村人家杀了猪,大部分都腌了,挂在厨灶房梁上,烟熏成腊肉。我不怎样爱吃腊肉,有一次在长沙一家大饭店吃了一回蒸腊肉,这盘腊肉真叫好。通常的腊肉是条状,切片不成形,这盘腊肉却是切成颇大的整齐的方片,而且蒸得极烂,我没有想到腊肉能蒸得这样烂!入口香糯,真是难得。

夹沙肉·芋泥肉

夹沙肉和芋泥肉都是甜的,夹沙肉是川菜,芋泥肉是广西菜。厚膘豚肩肉,煮半熟,捞出,沥去汤,过油灼肉皮起泡,候冷,切大片,两片之间不切通,夹入豆沙,装碗笼蒸,蒸至四川人所说"㸆而不烂"倒扣在盘里,上桌,是为夹沙肉。芋泥肉做法与夹沙肉相似,芋泥较豆沙尤为细腻,且有芋香,味较夹沙肉更胜一筹。

白肉火锅

白肉火锅是东北菜。其特点是肉片极薄,是把大块肉冻实了,用刨子刨出来的,故入锅一涮就熟,很嫩。白肉火锅用海蛎子(蚝)做锅底,加酸菜。

烤乳猪

烤乳猪原来各地都有,清代满汉餐席上必有这道菜,后来别处渐渐没有,只有广东一直盛行,大饭店或烧腊摊上的烤乳猪都很好。烤乳猪如果抹一点甜面酱卷薄饼吃,一定不亚于北京烤鸭。可惜广东人不大懂得吃饼,一般烤乳猪只作为冷盘。

韭菜花

五代杨凝式是由唐代的颜柳欧褚到宋四家苏黄米蔡之间的一个过渡人物。我很喜欢他的字。尤其是《韭花帖》。不但字写得好,文章也极有风致。文不长,录如下:

> 昼寝乍兴,朝饥正甚,忽蒙简翰,猥赐盘飧。当一叶报秋之初,乃韭花逞味之始。助其肥羜(zhù 音柱)实谓珍羞。充腹之余,铭肌载切。谨修状陈谢,伏惟鉴察,谨状。
>
> 七月十一日　凝式状

使我兴奋的是:

一、韭花见于法帖,此为第一次,也许是唯一的一次。此帖即以"韭花"名,且文字完整,全篇可读,读之如今人语,至为亲切。我读书少,觉韭花见之于"文学作品",这也是头一回。韭菜花这样的虽说极平常,但极有味的东西，是应该出现在文学作品里的。

二、杨凝式是梁、唐、晋、汉、周五朝元老，官至太子太保，是个"高干"，但是收到朋友赠送的一点韭菜花，却是那样的感激，正儿八经地写了一封信（杨凝式多作草书，黄山谷说："谁知洛阳杨风子，下笔便到乌丝阑"，《韭花帖》却是行楷），这使我们想到这位太保在口味上和老百姓的距离不大。彼时亲友之间的馈赠，也不过是韭菜花这样的东西。今天，恐怕是不行的了。

三、这韭菜花不知道是怎样做成的，是清炒的，还是腌制的？但是看起来是配着羊肉一起吃的。"助其肥羜"，"羜"是出生五个月的小羊，杨凝式所吃的未必真是五个月的羊羔子，只是因为《诗经·小雅·伐木》有"既有肥羜"的成句，就借用了吧。但是以韭花与羊肉同食，却是可以肯定的。北京现在吃涮羊肉，缺不了韭菜花，或以为这办法来自蒙古或西域回族，原来中国五代时已经有了。杨凝式是陕西人，以韭菜花蘸羊肉吃，盖始于中国西北诸省。

北京的韭菜花是腌了后磨碎了的，带汁。除了是吃涮羊肉必不可少的调料外，就这样单独地当咸菜吃也是可以的，熬一锅虾米皮大白菜，佐以一碟韭菜花，或臭豆腐，或卤虾酱，就着窝头、贴饼子，在北京的小家户，就是一顿不错的饭食。从前在科班里学戏，给饭吃，但没有菜。

韭菜花、青椒糊、酱油,拿开水在大木桶里一沏,这就是菜。韭菜花很便宜,拿一只空碗,到油盐店去,三分钱、五分钱,售货员就能拿铁勺子舀给你多半勺。现在都改成用玻璃瓶装,不卖零,一瓶要一块多钱,很贵了。

过去有钱的人家自己腌韭菜花,以韭花和沙果、京白梨一同治为碎齑,那就很讲究了。

云南的韭菜花和北方的不一样。昆明韭菜花和曲靖韭菜花不同。昆明韭菜花是用酱腌的,加了很多辣子。曲靖韭菜花是白色的,乃以韭花和切得极细的、风干了的苤蓝丝同腌成,很香,味道不很咸而有一股说不出来淡淡的甜味。曲靖韭菜花装在一个浅白色的茶叶筒似的陶罐里。凡到曲靖的,都要带几罐送人。我常以为曲靖韭菜花是中国咸菜里的"神品"。

我的家乡是不懂得把韭菜花腌了来吃的,只是在韭花还是骨朵儿,尚未开放时,连同掐得动的嫩薹,切为寸段,加瘦猪肉,炒了吃,这是"时菜",过了那几天,菜薹老了,就没法吃了。做虾饼,以爆炒的韭菜骨朵儿衬底,美不可言。

图书在版编目（CIP）数据

独坐小品 / 汪曾祺著.—上海：上海三联书店，2019.7
ISBN 978-7-5426-6659-8
Ⅰ.①独… Ⅱ.①汪… Ⅲ.①散文集—中国—当代 Ⅳ.①I267
中国版本图书馆CIP数据核字（2019）第066788号

独坐小品

著　　者 / 汪曾祺

责任编辑 / 朱静蔚
特约编辑 / 丁敏翔
装帧设计 / 微言视觉｜阿龙　苗庆东
监　　制 / 姚　军
责任校对 / 柏蓓蕾

出版发行 / 上海三联书店
　　　　　（200030）中国上海市徐汇区漕溪北路331号中金国际广场A座6楼
邮购电话 / 021-22895540
印　　刷 / 山东临沂新华印刷物流集团有限责任公司

版　　次 / 2019年7月第1版
印　　次 / 2019年7月第1次印刷
开　　本 / 787×1092　1/32
字　　数 / 170千字
印　　张 / 9.25
书　　号 / ISBN 978-7-5426-6659-8 / Ⅰ·1509
定　　价 / 48.00元

敬启读者，如发现本书有印装质量问题，请与印刷厂联系0539-2925680。